Réveille-toi, ma belle Ondine !

Céline Dominik-Wicker

Réveille-toi, ma belle Ondine !

roman

$\mathscr{LE}$ditions

Lacoursière Éditions
A-138 rue Saint-Vincent
Sainte-Agathe-des-Monts
Québec, Canada J8C 2B2
+1 514 601 2579

ISBN du livre papier/broché :

978-2-925098-40-9

ISBN du livre numérique/électronique :

978-2-925098-41-6

Dépôt légal aux Bibliothèque et Archives
Nationales du Québec (BANQ) en 2021.

lacoursiereeditions.fr
lacoursiereeditions.com

lacoursiereeditions@hotmail.com

Imprimé par Lightning Source

À mes enfants, Aveleen et Gabriel, qui m'incitent à célébrer la différence tous les jours et sous toutes ses formes.

À mon mari, Olivier, pour son soutien indéfectible.

Je vous aime.

Avant-propos de la réalisatrice Sophie Robert

« Voici un conte très joliment écrit qui ravira les petits et les grands. Les personnes concernées par la neurodiversité et les troubles du spectre de l'autisme y trouveront des repères familiers.

Loin des manuels pédagogiques, Céline nous offre des mots pour soigner les maux de l'ignorance et des mauvais traitements inadaptés qui tuent la part de rêve. Un conte pour prendre le chemin de la résilience, comme on reprendrait le chemin de l'enfance. »

Chapitre 1
Un lutin rose en France

Il était une fois un lutin rose qui s'apprêtait à quitter les cimes nébuleuses de sa terre lointaine d'Arwan, située dans le royaume de Faërie, pour se rendre dans le monde des Hommes sur la planète bleue. Ce lutin avait pour nom Tompym, mais tout le monde l'appelait Tom. Comme tous les élémentaires de son espèce, il aimait par-dessus tout visiter différentes contrées et se mêler aux populations indigènes. Et ce, toujours sans se faire remarquer. Car, les lutins roses avaient non seulement la capacité inouïe de glisser de monde en monde sans difficulté apparente (du moins, aux yeux des autres membres du petit peuple), mais également de prendre les traits de n'importe quel habitant. Aussi demeurent-ils, à ce jour encore, les élémentaires les plus secrets, les plus insaisissables qui soient. Nul terrien n'a encore réussi à les photographier sous leurs véritables contours ou à croiser consciemment leur pas. Vous les avez, pourtant, sans doute déjà rencontrés. Ils sont tellement observateurs, tellement avides de nouvelles informations que vous ne pouvez pas ne jamais en avoir vu un. Songez à un regard inconnu, à la fois appuyé et enjoué, qui vous a frappé et vous a poussé à arrêter votre activité ou votre cheminement de pensée.

11

Vous avez dû vous demander, maintes fois, qui était cette personne sans pour autant en avoir la moindre idée. Parfois même vous y pensez encore. Dites-vous bien là que ce regard appartenait certainement à un lutin rose d'Arwan. Que vous en ayez conscience ou non, percevoir un de ces êtres est une expérience inoubliable. Et si ce dernier décide de s'installer dans un même endroit plusieurs jours ou plusieurs mois, il peut profondément transformer le cœur et l'essence des gens qu'il côtoie. Toutefois, un tel phénomène est rare. Les lutins roses préfèrent, généralement, vivre de courtes expériences, papillonner ici et là, avant d'aller régaler les autres élémentaires de leurs récits fabuleux. Ce sont eux les célèbres conteurs des lieux qui immergent leurs auditeurs dans des univers des plus exotiques, comme celui un rien bizarre des êtres humains.

Tom était, somme toute un lutin rose comme les autres. Il faisait partie de ces heureux conteurs, espiègles et insouciants, toujours à la recherche d'une histoire intéressante à partager. Nulle inquiétude ne lui plissait le front. Nulle peur ne troublait son humeur. Seule la joie qu'il avait constamment au cœur transcendait sa physionomie. Néanmoins il advint qu'un jour il sentit un appel étrangement lancinant, résonnant au plus profond de lui-même, ne lui laissant plus un seul moment de répit. Jamais une telle chose n'était encore arrivée à un lutin rose. Il lui fallait absolument savoir ce dont il s'agissait. Or, il se trouvait que cet appel provenait de la Terre, un des lieux que

son niveau d'évolution lui permettait de visiter.
Cela le fit sourire. Il commençait à aimer cet
endroit de troisième dimension qu'il ne sillonnait
guère que depuis une cinquantaine d'années
seulement ; il s'attachait aux Hommes, à ces
grands enfants, incohérents et étranges, qu'il ne
comprenait pas bien encore. Pourquoi, par
exemple, pouvaient-ils souhaiter un bon jour à
quelqu'un sans en croire un traître mot ? Pourquoi
faisaient-ils semblant d'aimer leur travail ?
Pourquoi s'échinaient-ils à mener des vies qui ne
leur plaisaient pas ? Ce type de questions –
insolubles pour l'heure – titillait sa raison et lui
donnait toujours envie de revenir sur Terre et
d'apprendre. En apprenant des autres, on en
apprend aussi sur soi. Tom était bien jeune, pour
un lutin, et il avait besoin de voyager
régulièrement en troisième dimension pour passer
à un niveau d'évolution supérieur. Cet appel
serait peut-être la clef qui lui ouvrirait la porte de
sa prochaine étape. Qui sait ? Voilà pourquoi il
partait d'un bon pas en direction du Portail, même
si la saison vermeille venait de débuter. Cette
saison était, pour les lutins roses, un temps de
répit et de repos pendant lequel tous se
réunissaient sous la fraîcheur des saules et sur les
bords des lacs pour partager leurs histoires, avant
de les transmettre, en rêve, aux autres élémentaires
et aussi aux habitants des autres planètes. De tous
les peuples des mondes éthériques, les lutins
roses étaient de ceux qui créaient des liens entre
tous les êtres, en leur faisant entrevoir des ailleurs

et des possibles qu'ils n'auraient pu imaginer autrement. En d'autres termes, ils étaient de ceux qui nourrissaient l'imagination de tous.

En chemin, Tom croisa plusieurs amis et connaissances qui, eux, s'en revenaient de voyage. Il sentit leurs regards surpris et leur répondit par un sourire. Il savait qu'on ne lui poserait pas de question et tout impatient qu'il fût d'arriver à destination, il n'avait guère envie de discourir sur le pourquoi de son départ précipité. Si les lutins roses sont de nature curieux, ils peuvent aussi faire preuve de retenue et se montrer patients. Tôt ou tard, ils connaîtraient la raison pour laquelle Tompym les quittait si abruptement. Aussi ne servait-il à rien de trépigner. Arrivé au Portail qui ressemblait à une grande arche ouverte sur une myriade de mondes contingents, Tom ferma les yeux pour visualiser l'endroit où il souhaitait se rendre. Il porta toute son attention à la Terre et à cet être mystérieux qui l'appelait. Il étendit ensuite les mains devant lui et une porte, surgie de nulle part, apparut. Il l'ouvrit, en franchit le seuil pour se retrouver quelque part, derrière un arbre. Si les humains étaient capables de distinguer un tel phénomène, ils verraient sans cesse de drôles de petits bonhommes traverser des arbres. À peine avait-il posé le pied dans l'herbe que Tom s'était automatiquement déguisé. Grâce aux capacités de leur esprit, les lutins roses projetaient l'image d'un individu en particulier qui devenait, pour tous, complètement visible et tangible, tandis que leur apparence véritable se faisait invisible et immatérielle. Ils nommaient ce phénomène, la « projection ». Tom avait projeté une image de son répertoire qu'il affectionnait, celle d'un mendiant. Il avait, en effet, remarqué que les sans domicile fixe attiraient peu la vue. On les négligeait. On évitait même de les considérer. C'était le déguisement parfait pour qui souhaitait se montrer discret.

Le lutin rose s'était retrouvé au milieu d'un parc qui, lui-même, semblait se situer dans une grande ville. Là, parmi les arbres, les buissons et les fleurs, le signal qui jusqu'alors résonnait en lui tel un tintement persistant s'était quelque peu assourdi. L'inconnu qu'il cherchait ne devait pas se trouver en pleine nature, mais il ne devait pas être loin non plus. D'instinct, il retroussa le nez à l'idée de fouler le béton nauséabond du trottoir. Il exhala un soupir et se dirigea vers la sortie du parc où il vit une sorte de cabane en verre devant laquelle s'arrêtaient des bus. (*Ah oui ! Les humains usent de ces gros engins pour se déplacer !*) Il devrait probablement en prendre un, songea-t-il, mais avec quel argent ? Voyons, dans quel pays étions-nous ? Tom balaya du regard ses environs immédiats à la recherche d'écriteaux, d'affiches ou de journaux oubliés. Une publicité lui indiqua qu'il était dans un pays francophone, peut-être bien la France. *Si je ne m'abuse, la monnaie en cours ici est appelée l'euro. Alors, si mes souvenirs sont bons, je vais pouvoir vite m'en sortir.* Le lutin rose ferma les yeux et imagina des pièces d'argent qu'il avait déjà vues et utilisées, lors de précédents voyages. Il ouvrit les yeux et sortit de sa poche une pièce d'un euro et une pièce de deux euros. *Espérons que cela sera suffisant !* Il ne savait encore quel bus prendre, mais il avait confiance en son ressenti et il croyait en la validité des signes. Arrivé à l'arrêt de bus, il commença par s'asseoir sur le banc, abrité sous la cabane en verre. Il huma l'air autour de lui et ne put s'empêcher de tousser au bout d'un instant. Puis, il se leva, fit quelques pas d'abord vers l'ouest, puis vers l'est, avant de revenir à son point de départ. *Est-ce à dire que je dois attendre mon inconnu ici ou bien que je rencontrerai bientôt une personne susceptible de m'amener à lui ?* Tom patienta quelques minutes, installé aussi confortablement que possible, au milieu du banc. Il ne comprit pas le coup d'œil outré que lui lança un couple d'humains, extrêmement âgés, qui venait d'arriver. Pour les amadouer, il leur adressa un large sourire édenté. Offusquées, ces vieilles personnes poussèrent un petit cri et tournèrent le dos à notre lutin. *Ah, zut,* pensa-t-il, *je les ai effrayées !* L'image qu'il projetait était trop fidèle à la réalité, mais Tom n'eut guère le temps de s'attarder sur cette impression. Il vit un homme en blouse blanche qui courait vers l'arrêt de bus. Leurs regards se croisèrent un instant. Quelque chose lui dit alors qu'il venait de recevoir le signe qu'il attendait. Il ne savait pas pourquoi. L'homme avait l'air banal, après

16

tout, pour un humain. Toutefois, il s'agissait bien de son guide. À défaut de voir l'inconnu qu'il recherchait, il sentait que cet individu pouvait l'aider à le trouver.

Il semblait craindre d'être en retard. Il était en nage et le casse-croûte qu'il tenait dans une main en avait visiblement souffert. Allait-il quand même le manger ? Tom fit une moue de dégoût, accompagné d'un bruit de gorge qui ne fut pas bien interprété. L'homme se tourna vers lui et, saisi de pitié, lui tendit le sandwich tout aplati, dégoulinant de mayonnaise et de jambon, dont il allait se repaître. Le lutin, gêné, se sentit obligé de saisir la manne offerte, même si celle-ci lui paraissait peu engageante. Il espérait qu'un autre mendiant la trouvât plus intéressante. Et afin d'éviter de devoir lui-même en croquer un bout sous les yeux de l'homme en blanc pour satisfaire sa générosité, il lui fit le même sourire dévastateur qu'au couple de personnes âgées. Une même action, un même effet. Toutefois, son donateur, s'il détourna bien le regard, ne le fit pas avec colère et peut-être que son geste s'expliquait même par un excès de pudeur. Quoi qu'il en fût, Tom nota l'anecdote précieusement dans un coin de sa tête afin de bien la rapporter à ses pairs plus tard. Il pressentait, en effet, avoir trouvé là un autre détail qui apporterait un éclaircissement sur le comportement des humains. Le lutin dissimula ensuite furtivement le sandwich dans sa veste et s'essuya les mains sur le banc, sans jamais

17

tourner le dos à sa cible. Un bus s'arrêta. L'homme en blanc y monta, Tompym sur les talons (ou presque).

Tom n'avait encore jamais suivi à la trace un humain, en particulier comme ça et il ne se rendait pas compte qu'il n'était pas discret. L'homme en blanc lui jeta quelques coups d'œil, d'abord surpris, puis un tantinet inquiets. Ne sachant ni quoi dire, ni quoi faire pour masquer sa gêne, il finit par se concentrer sur le paysage urbain qu'il connaissait par cœur, depuis la sortie du centre-ville jusqu'à la côte abrupte qui menait au-dessus de la falaise. Pour les lutins roses, la curiosité est une aspiration naturelle qui n'a pas à être réprimée ni réprimandée. Toutefois, pour un humain, être examiné avec insistance tel un animal de laboratoire n'est pas chose courante, ni même enviable. L'homme concerné se sentait de plus en plus mal à l'aise et ce fut presque en courant qu'il descendit du bus. Évidemment, Tompym lui emboîta le pas, mais plus tranquillement, à son rythme. Il avait eu le temps d'étudier son aura et il supposait pouvoir la repérer assez facilement, même à distance. À en croire le nom affiché au-dessus de l'arrêt de bus, il était sur « Le plateau ». Autour de lui, il n'y avait pas d'habitations, seulement un long et large trottoir qui bordait une grille derrière laquelle on distinguait un parc immense. L'homme en blanc, qui avait poursuivi sa route en jetant parfois un œil en arrière, était arrivé devant un grand portail, avec la barrière baissée, inséré

18

entre deux portillons. Devant chacun d'eux, se trouvait un gardien. Tompym entendit alors le premier dire à l'homme en blanc : « Rebonjour docteur Zigboon ! », tandis que le second lui demanda s'il avait bien mangé. Le lutin s'approcha d'eux, l'air nonchalant, et leur déclara tout naturellement qu'il souhaitait passer. Devant une telle incongruité, les deux hommes se dévisagèrent, sans mot dire, comme pour trouver chez l'autre la réponse adaptée à une telle requête. Finalement, l'un deux bredouilla un « Pourquoi ? » pas très convaincant.

— Pourquoi ? répéta Tompym. J'ai juste envie de savoir où va l'homme en blanc qui vient de rentrer.

Son interlocuteur le détailla de la tête aux pieds et eut un haut-le-cœur.

— Ce n'est pas une réponse, dit le second gardien. Vous vous fichez de nous ou alors, peut-être, vous connaissez le docteur Zigboon ?

Le lutin suivait du regard l'homme en question qui, après avoir traversé une longue allée, pénétrait une impressionnante bâtisse à colonnes blanches.

— Ni l'un ni l'autre, répondit Tom. Je suis juste curieux et je voudrais satisfaire ma curiosité. Les humains ne sont-ils pas curieux ?

Toujours focalisé sur le bâtiment au loin, Tom distingua soudain une drôle de lueur bleutée, à l'une des fenêtres. Au même moment, le signal qu'il percevait se fit plus bruyant.

— Vous dites des choses bizarres, reprit le premier gardien. Personne ne parle ainsi. De toute façon, à moins d'avoir un laissez-passer (et personne ne nous a prévenus d'une visite), vous ne pouvez pas entrer.

— Justin, c'est peut-être un patient du docteur Zigboon. Il en a l'air, après tout.

— L'air, sans doute, mais pas le porte-monnaie.

— T'en sais rien. Il y a des excentriques partout. Monsieur, dit-il en s'adressant derechef à Tom, si vous souhaitez parler au docteur, vous devriez le consulter à son cabinet en ville.

— Mais c'est là que je veux entrer. Cet endroit m'appelle.

La faible lueur devenait une lumière plus forte, tel un phare surplombant un océan de verdure. De même, le bruit dans sa tête s'intensifia au point qu'il fut contraint de se couvrir les oreilles de ses mains. Les gardiens le virent se crisper quelques instants, puis se détendre brusquement.

— Vous y auriez certainement votre place, dit l'homme appelé Justin, mais sans décision médicale préalable, nous, on ne peut rien faire pour vous.

Tom voulut leur demander ce qu'était cette lumière bleue qui provenait du bâtiment, mais il craignit d'avoir une fin de non-recevoir. Sacrés gardiens, de vrais dragons ! Et les dragons gardent toujours un trésor. Quel trésor pouvait-on bien dissimuler dans un tel endroit ?

Intrigué comme il l'était, Tom ne pouvait tout simplement pas rebrousser chemin. Il lui fallait trouver une autre image à personnifier afin de passer inaperçu. Mais laquelle serait donc la plus adéquate ? Tom avait l'habitude de projeter des images d'êtres humains. Toutefois, dans ce cas précis, il devrait avoir recours à un animal. Un oiseau ? Un écureuil ? Un chat ? Un animal suffisamment petit pour ne pas se faire remarquer, mais rapide en cas de danger. Tom n'oubliait pas que si quoi que ce fût survenait à l'image qu'il avait créée, son âme ne serait plus reliée à un corps. *Je ne suis pas encore prêt à quitter Arwan et ma vie de lutin pour aller ailleurs, mais... Je veux aussi aller au bout de ma quête,* songea-t-il avec détermination. Une quête obsédante et ô combien inhabituelle ! Il arrive parfois qu'un enfant appelle un lutin ou une fée pour jouer, mais jamais il ne se montrera aussi insistant si l'élémentaire en question décline l'invitation. Or, l'appel que recevait Tom pouvait s'apparenter à un disque rayé qui ne s'arrêtait pas. De mémoire de lutin, nul humain n'avait été aussi persévérant. Cela méritait donc le détour, même sous des contours inusités pour lui. Tom se décida pour un chat. Il lui fallait maintenant un endroit à l'abri des regards. Heureusement, la rue était déserte. Il prit soin, avant toute chose, de se débarrasser de son sandwich qui avait pris l'aspect d'une sorte de pâte informe, collante, en le posant sur le banc face à lui. S'essuyant les doigts sur son manteau élimé, Tom en eut presque la nausée : comment les humains pouvaient-ils être attirés par pareille nourriture ? C'était incompréhensible. Toutefois, comme il se voulait obligeant, il fit apparaître un morceau de carton, derrière le sandwich, où figurait une injonction bien douce pour qui recherchait un repas humainement ragoûtant. «Mangez-moi ! », tels étaient les mots magiques censés flatter les papilles d'un palais délicat (il avait en tête le vague souvenir d'une étrange histoire qui lui avait été contée quand il était bien jeune, où une petite fille recevait souvent, par écrit, l'instruction de s'alimenter, comme si d'elle-même elle omettait de le faire). Satisfait de son geste, il se glissa ensuite derrière l'arrêt de bus pour changer d'enveloppe charnelle. Puis, ni vu ni connu, il se faufila entre deux grilles et sauta gracieusement et sans bruit sur le gazon du parc entourant le bâtiment qu'il désirait pénétrer. *Ah, toutes ces odeurs ! Comme l'odorat du chat est sensible !* Sans s'en rendre compte, Tom, porté par ses nouveaux sens, dévia légèrement de son trajet. *Mais qu'est-ce qui me prend ?* N'ayant jamais emprunté les dehors d'un félin auparavant, il n'avait pas appris à gérer les instincts, les besoins basiques de l'animal. De ce fait, sa conscience luttait pour être la seule maîtresse à bord. Tom résista ainsi à l'envie de partir en chasse d'un mulot, mais ce faisant, il ne se montrait pas vraiment prudent : il ressemblait à un chat piqué par un dard particulièrement douloureux, geignant, crachant, tournant sur lui-même. Une jeune femme en blouse bleue qui fumait à l'extérieur le remarqua et se dirigea vers lui.

— Ma pauvre bête, lui dit-elle, que t'est-il donc arrivé ?

Tom, oubliant qu'il ne pouvait lui répondre, lui adressa des « miaou » de chat blessé qui fendit le cœur de la jeune femme.

— Est-ce qu'on t'a abandonné derrière les grilles du parc ? Ah ! C'est toujours la même chose ! Je vais prendre soin de toi si tu le veux bien. Tu n'es pas censé entrer ici, mais si on fait bien attention, je suis sûre qu'on peut aller à la cuisine te trouver quelque chose à manger.

Elle approcha la main et après une courte hésitation, Tom décida de lui faire confiance. À son grand étonnement, il ronronna malgré lui sous l'effleurement. Même ça, il ne le contrôlait pas. Pas encore. La jeune femme prit le chat dans ses bras et après l'avoir gratifié de quelques caresses, le dissimula dans sa blouse, avant de passer discrètement par une petite porte qui menait aux cuisines. Il n'y avait guère d'affluence, généralement, à cette heure de l'après-midi. Tom n'avait pas faim et il n'aimait pas être transporté ainsi. Il avait hâte de fausser compagnie à sa charmante bienfaitrice. Cette dernière le déposa dans l'arrière-cuisine, puis se dirigea vers une sorte de grand meuble blanc. *Ah oui*, se rappelait-il, *c'est là que les humains conservent leurs aliments au frais.* Il étudia la

23

pièce avec attention. Inutile de se précipiter, il lui fallait savoir d'abord par où aller. Il y avait des portes, mais toutes étaient fermées et un chat n'avait pas la force de les pousser. Il était donc temps de changer de déguisement. Afin de se fondre dans le décor, la seule apparence qui lui semblait sensée, pour le moment, était celle d'une personne en blouse, blanche ou bleue. Il lui prit alors l'envie de s'approprier les traits de la femme qui l'avait gentiment accueilli, même s'il fallait éviter de faire une telle chose quand ladite personne était toujours dans les parages. Si encore elle sommeillait ou était ailleurs... D'un autre côté, s'il projetait l'image d'un inconnu, on pourrait l'aborder, lui poser des questions pour lesquelles il n'aurait pas de réponse. L'appel ressenti sonna soudain, tel un carillon impatient. Tom devait prendre une décision et vite.

La jeune femme en blouse bleue revint retrouver son chat abandonné, une gamelle de thon émietté à la main, mais l'animal n'était plus là. « Minou, minou, où es-tu ? » Nul bruit, nul miaulement ne parvint à ses oreilles. *Étrange, comment aurait-il pu sortir ? Quelqu'un aurait-il laissé la porte du réfectoire ouverte ?* Elle alla de ce pas vérifier cette piste, mais comme elle l'avait prévu, la porte était bien close. Le plus surprenant, toutefois, fut qu'elle ne put l'ouvrir elle-même. Quelqu'un aurait-il donc tiré le verrou de l'autre côté ? *Bizarre, personne ne fait jamais ça. Ah zut ! J'ai en plus oublié mes clefs avec mon badge là-haut.* La jeune femme se retrouva donc coincée dans les cuisines et l'arrière-cuisine, sans possibilité de rejoindre les autres pièces, sauf en passant par l'extérieur. La bâtisse était ancienne. Elle datait de l'époque où les cuisines étaient diamétralement séparées des autres lieux de vie à cause des risques d'incendie. C'était une aubaine pour Tom qui pourtant savait qu'il ne disposait que de peu de temps pour découvrir ce qu'il cherchait. Après avoir traversé le réfectoire, il suivit une flèche qui indiquait la direction de l'accueil. D'après un plan visible sur un mur, celui-ci se situait au milieu du bâtiment, soit juste en dessous de là où il avait perçu la lumière bleutée. Il lui fallait maintenant trouver des escaliers ou bien ce que les Hommes nommaient un ascenseur. Chemin faisant, il vit d'autres personnes en blouses blanches, bleues et roses. Certaines lui lancèrent une œillade amicale – un signe de connivence, mais heureusement, nulle ne le retint. Son pas pressé et son air déterminé devaient les en dissuader. Les couloirs semblaient étroits, tant ils étaient longs, mais Tom finit quand même par repérer des ascenseurs de chaque côté de l'accueil. Monter dans un ascenseur était toujours une expérience saisissante : sans savoir pourquoi, il craignait que son double ectoplasmique – son véritable corps – n'eût le temps d'emboîter le pas de son avatar et restât coincé en bas. Cependant, il prit sur lui, n'hésita qu'un instant avant de franchir le pas, et ce, afin qu'on ne le jugeât pas trop bizarre.

Arrivé au premier étage, il se retrouva devant un deuxième accueil, identique à celui du rez-de-chaussée. *Ils aiment la symétrie ici,* se dit-il. De chaque côté de l'accueil étaient disposées de lourdes portes qui, d'après les inscriptions en lettres capitales sur les entablements, ouvraient sur des espaces réservés aux soins et aux bureaux. Manifestement, on ne pouvait s'introduire dans ces couloirs sans être vu par la personne de l'accueil et, bien sûr, sans avoir les moyens d'ouvrir les portes. Heureusement, la quête du lutin ne le menait pas dans ces directions. Tout était plus simple : il n'avait qu'à se tourner de moitié pour se rendre compte que la réponse à ses questions était face à l'accueil, dans le lobby circulaire inondé de la plus pure lumière du jour qu'une grande baie vitrée laissait pénétrer.

Chapitre 2
Bleu indigo

Deux jeunes filles fluettes, le visage encadré par des cheveux longs, libres aux reflets mordorés, émettaient une aura d'un bleu indigo intense. *Ce sont bien des humaines donc.* Intrigué, Tom s'approcha d'elles. L'une d'elles avait le regard vrillé sur l'horizon, tandis que l'autre, identique à la première, était légèrement en retrait, les yeux clos, comme en méditation. « On ne peut voir la mer d'ici. C'est bien dommage, non ? » dit Tom avec une voix de femme. On ne lui répondit pas. La jeune fille, face à la vitre, ne détourna même pas la tête. La seconde ouvrit les yeux, mais ne dit rien.

— Voyons, Clarisse, dit la personne à l'accueil, qu'espères-tu faire ? Tu sais bien que Coraline ne te répondra pas.

— Coraline ? Joli prénom. Cela me fait songer à l'eau, à la mer.

Son interlocutrice haussa le sourcil. *Aïe,* se dit le lutin, *je ne dois pas me faire remarquer comme ça.*

— Et sa jumelle, reprit-il. Elle peut parler, non ?

— Sa jumelle ? Quelle jumelle ? demanda la dame de l'accueil, de plus en plus surprise.

29

À ce moment-là, ladite jumelle jeta un regard impérieux à notre lutin, lui intimant de se taire.

— Si vous arrivez à me voir, dit-elle, surtout n'en soufflez pas mot ! Vous passeriez pour une maboule et on vous enfermerait peut-être ici. Maintenant, dites vite quelque chose à Sophie pour la rassurer.

— Pardon, je me suis trompée, bredouilla le lutin, toujours avec la voix de Clarisse. Je connais juste quelqu'un qui lui ressemble.

Sophie se contenta de cette réponse, même si elle n'en était pas tout à fait satisfaite. Tom, cependant, ne faisait plus attention à elle. Il contempla plutôt les deux personnes face à lui et s'aperçut qu'elles étaient reliées entre elles par un fil d'argent, comme il l'était lui-même à la silhouette qu'il avait matérialisée. Cette femme a le même pouvoir que les lutins roses ! Jamais il n'aurait pu appréhender une telle chose, aussi ne l'avait-il même pas envisagé. *Je n'ai vu que la couleur de sa lumière, rien d'autre*, médita-t-il.

— Oui, je sais.

— Vous avez entendu ma pensée ? demanda Tom télépathiquement.

— Oui, curieusement j'en suis capable, répondit-elle, quelque peu interloquée. Dites-moi, rassurez-moi, sommes-nous réellement en train d'avoir une conversation ou est-ce que je l'imagine ? J'en ai imaginé tellement.

— Je suis aussi stupéfait que vous. Je n'avais jamais rencontré une humaine qui puisse se dédoubler. Pour moi, c'est magique, tout simplement extraordinaire !

Tout à leur mutuelle découverte, le lutin et la jeune fille se regardèrent un long moment, quand tout à coup, cette dernière fronça les sourcils et s'agenouilla.

— Pardon, dit-elle, moi aussi, je n'avais pas vu votre aspect véritable tout de suite. Il faut dire que vous étiez caché derrière celle de Clarisse. Vous êtes bien plus petit qu'un humain. Qui êtes-vous et surtout, qu'êtes-vous ? Un lutin ?

— Oui, dit-il en souriant, je suis un lutin rose et je me nomme Tompym. Vous pouvez m'appeler Tom, si vous le souhaitez.

— Rose ? Ah ! À cause de la lumière qui flotte autour de vous ?

Tom eut l'air impressionné.

— Tout à fait. C'est la couleur de notre aura. La vôtre est bleue, c'est incroyable !

— Pourquoi ?

— Parce qu'en général, les Hommes ont une aura grise. On vous appelle parfois « les gris » à cause de cela, ajouta-t-il un sourire en coin. Pourtant, vous, vous n'êtes pas comme eux.

— Vous ne savez pas encore à quel point ! Revenons-en à cette couleur, a-t-elle une signification ?

— Pour vous, je ne le sais encore. Pour moi et pour les miens, notre couleur rose qui peut aussi tirer sur l'orangé ou le rouge veut dire que nous sommes joyeux et insouciants.

— Vous êtes insouciant, vraiment ? Vous n'avez pas craint de venir ici ? C'est quand même un peu une prison, contrairement à ce que pensent les autres.

— Les *autres* ?

— Ceux qui ne sont pas comme moi.

— Je vois bien que vous êtes différente des autres humains. Vous arrivez à me percevoir, tel le lutin que je suis, ce qui n'est pas une mince affaire. Vous pouvez même communiquer avec un être comme moi et cela, c'est tout à fait exceptionnel. Pourtant, vous vous considérez quand même comme un être humain, non ? Il va falloir que j'en parle à...

— Vous êtes le seul être avec qui je peux enfin communiquer ! coupa-t-elle.

Tom, interdit, dévisagea la jeune fille. Une larme sembla couler sur sa peau opaline.

— Je ne comprends pas. Comment cela se fait-il ? osa-t-il demander.

— Vous croyez que je le comprends moi-même ? Il paraît que je suis désaxée, psychotique. C'est ce qu'ils disent. On dirait qu'ils adorent inventer des termes bizarres pour me décrire.

— Qui sont ces *ils* ?

— Les âmanalystes, voyons. Ce sont eux qui dirigent cette institution pour personnes anormales. Vous ne les connaissez pas ? Pourquoi sinon êtes-vous ici ? Vous savez quand même que vous vous trouvez dans le centre

Bedlam ?

— Non, je ne sais rien de tout ça. Je suis là à cause de vous, dit Tom. Vous m'avez appelé.

— Je vous ai appelé ?

— Avec insistance même. Vous ne vous en êtes pas rendu compte ? C'est prodigieux ! Comment avez-vous fait ?

— Je suis désolée, je ne sais pas. Il y a tellement de choses que je ne contrôle pas. Ce corps, par exemple. Je n'arrive pas à le diriger aussi bien que je le souhaiterais. Paradoxalement, je peux aussi faire des choses que personne ici n'est capable de faire et que je ne m'explique pas, comme percevoir des paysages proches ou loin de ma prison. Il me suffit simplement d'être là, devant la vitre, pour flâner ici et là, à l'insu de tous.

— Mais, reprit le lutin, pour appeler quelqu'un dans un autre monde, vous avez bien dû émettre une intention et la maintenir encore et encore, non ?

— Pas tant une intention qu'une souffrance, dit la jeune fille dans un souffle. Je suis seule, voyez-vous, seule depuis des années.

— Il y a pourtant du monde ici, murmura Tom. Vous ne pouvez entrer en contact avec personne ? Qu'en est-il de vos proches ?

— Je n'ai pas d'ami. Et, si j'ai eu des parents, c'était il y a longtemps.

Tom peinait à concevoir ce qu'était la solitude car même éloigné de ses terres éthérées, il pouvait, à tout moment, percevoir les liens qui l'unissaient aux siens aussi fortement que s'il était en leur présence. Il essaya le temps d'une minute terrienne d'imaginer que ces liens, qui disséminaient des traces visibles pour les élémentaires, s'étaient complètement évaporés. Quelle peur, quelle panique ressentirait-il alors ! Ne chercherait-il pas à les récréer de quelque manière que ce fût ? Ne s'accrocherait-il point à la moindre âme errante ?

— C'est pour cela que vous m'avez appelé, réalisa-t-il, sans en avoir conscience.

La jeune fille haussa les épaules.

— Oui, si vous le dites.

— Vous ne me croyez pas ?

— Je ne sais plus que croire.

Tompym ne sut s'il était content ou déçu du dénouement de sa quête, mais il sentit qu'il ne pouvait en rester là et repartir chez lui. La jeune fille auréolée de bleu avait besoin d'aide. Ils avaient encore, tous deux, un bout de chemin à parcourir ensemble. Pendant tout le temps de sa conversation télépathique avec Coraline, Tompym ne portait plus attention à la chimère substantielle qu'il avait engendrée et qui restait singulièrement immobile, telle une marionnette sans ses fils. La femme à l'accueil, malgré la fréquence des coups de téléphone, n'en avait pas manqué une miette. Le sourcil toujours haussé, elle commençait à se demander si Clarisse, qui ne répondait pas à ses appels, ne s'était pas endormie debout.

— Il vous faut partir, dit Coraline. Votre attitude est complètement loufoque pour les humains. Sophie va finir par appeler de l'aide.

— Pardon, je réfléchissais. Savez-vous si...

— Est-ce que vous reviendrez ? implora abruptement la jeune fille. S'il vous plaît, revenez ! Ne me laissez pas toute seule. Surtout pas maintenant que je sais qu'une forme de communication est possible.

— Ne vous inquiétez pas, je reviendrai dit-il avec un air qui se voulait rassurant.

À ce moment-là, Tompym entendit un « Ça va, Clarisse ? » qui le fit sursauter et le poussa à incorporer prestement son avatar. Il fit un signe à la personne de l'accueil et se tourna vers Coraline pour lui adresser un au revoir amical.

— Ne reprenez plus l'apparence de Clarisse, le prévint Coraline. Ce n'est pas quelqu'un d'assez important ici. Si vous deviez emprunter le corps d'un membre du personnel, choisissez quelqu'un qui vient d'arriver et qui ne connaît pas encore bien les lieux et les résidents. Vous paraîtrez ainsi un peu moins bizarre. Et le « bizarre », croyez-moi, ça me connaît ! Tenez, prenez pour modèle le docteur Zigboon. Regardez, c'est le bonhomme qui se dirige vers nous. Il n'est pas très sûr de lui, mais il fait semblant d'être tout le contraire.

— Mademoiselle Lumerotte, comment vous sentez-vous, aujourd'hui ? s'enquit le docteur Zigboon avec sollicitude. On m'informe que

35

vous avez eu un comportement déroutant, voire inquiétant. Êtes-vous plus fatiguée qu'à l'ordinaire ?

— Non, je vais bien, marmonna Tompym sous la figure de Clarisse.

— Vous avez posé d'étranges questions, d'après madame Stounetrol. Vous êtes sûre que tout va bien ? Vous savez, fréquenter à longueur de journée des patients présentant de lourdes pathologies peut avoir un impact non négligeable sur un tempérament vulnérable. Et l'on me dit que vous avez perdu un membre de votre famille il y a peu.

— Ah bon ? Je veux dire, pardon, oui, c'est ça sûrement.

— Partez vite, dit Coraline avec une note d'urgence dans la voix. Vous allez finir par vraiment causer du tort à Clarisse.

— Écoutez, là, je suis pressé, reprit le docteur Zigboon. Je dois m'occuper d'un patient, mais venez me voir à mon cabinet, ici ou en ville. Tenez, prenez ma carte et appelez-moi. Vous le ferez ?

— Oui. Oui.

Le docteur Zigboon n'attendit pas la réponse de Clarisse ; un bip dans sa poche de blouse lui signalait qu'il était en retard. Tompym ne savait comment envisager sa retraite à présent. Il avait été tellement pressé de découvrir ce qui se cachait derrière la lumière bleue qu'il n'avait pris le temps de songer à une sortie preste et discrète.

— Pouvez-vous m'aider à sortir d'ici sans me faire remarquer ? demanda-t-il mentalement à Coraline.

— Sans vous faire remarquer de Clarisse, vous voulez dire ?

— Oui, répondit Tompym, l'air penaud. Ce n'était pas très malin de ma part d'avoir matérialisé le sosie d'une personne alors que celle-ci était encore présente sur les lieux, mais...

— Avez-vous au moins récupéré un badge, une clef ?

— Non.

— Dans ce cas, vous ne pouvez traverser les couloirs et c'est grand dommage, car il y a des sorties de secours à chaque bout. Vous êtes donc obligé de reprendre le même itinéraire qu'à l'allée : un des ascenseurs à côté de l'accueil de cet étage et puis, vous passerez devant l'accueil du rez-de-chaussée, avant de sortir. À cette heure, Clarisse est censée nettoyer les chambres des résidents du deuxième étage. Peut-être y est-elle déjà, avec un peu de chance ?

— Vous connaissez sa routine ?

— Oui, un peu, c'est elle qui nettoie ma chambre. Je suis une résidente du deuxième étage. Le couloir rose, c'est là où je dors. Tous les murs y sont roses, même ceux des chambres. Si vous revenez me voir, ajouta-t-elle d'une voix appuyée, vous verrez que chaque couloir a une couleur particulière qui se veut gaie. Comme si l'endroit où l'on nous parquait était gai.

Le lutin considéra un instant son environnement. Oui, cela semblait gai, grâce à ces beaux volumes qui laissaient respirer l'espace, ces sols proprement astiqués et cet éclairage naturel qui réchauffait l'atmosphère. Mais même la plus belle des cages reste une prison. Son cœur se serra à l'idée de devoir quitter si abruptement l'énigmatique jeune fille qu'il venait de rencontrer. Jamais encore n'avait-il eu de conversation aussi longue avec un humain. Bizarrement, il n'avait pas envie que cela cessât.

— Bien sûr que je vais revenir, souffla le lutin. N'en doutez point !

— On m'a tellement menti, balbutia la jeune fille.

Tom sentit une douleur térébrante lui transpercer le cœur, telle une lame affûtée. Le lutin qui jusqu'alors n'avait goûté qu'à la plénitude et à la légèreté ne connaissait pas la tristesse et la violence de l'émotion lui coupa la respiration. Comment les humains font-ils pour tolérer ça ?

— Je vous promets de revenir, dit le lutin après avoir repris son souffle.

Mais la jeune patiente et son double lui tournaient le dos. La conversation semblait close et elles étaient déjà ailleurs.

— Même si vous ne me croyez pas, je reviendrai.

Chapitre 3
Le docteur Zigboon

Le lutin quitta l'institut sans encombre. À l'évidence, son double n'était pas à proximité. Il marcha vite toutefois et ignora délibérément les regards surpris qu'il croisait en route. Il se sentit quelque peu soulagé de franchir le porche. Là, il s'éclipsa derrière un épais buisson pour mettre fin à sa projection et reprendre l'apparence d'un chat. Seul un animal fin et souple pouvait passer au travers des hautes grilles qui bordaient le domaine. Une fois sorti, comme il ne savait que devenir d'autre, il revêtit ses oripeaux de clochard. Puis, le carton du docteur Zigboon en main, il entreprit de trouver l'adresse du médecin. Ce dernier était, en effet, susceptible de l'aider – à son insu, bien sûr. Tom allait reprendre le bus et demander au chauffeur de lui indiquer la rue de Lille. Heureusement, il lui restait encore un peu de monnaie. Un véhicule s'arrêta devant lui et, par chance, on pouvait le déposer non loin de là où il désirait se rendre. Pendant le trajet, le souvenir de la jeune fille ne le quitta pas. Tous ses sens se focalisèrent sur la nouvelle mission qu'il venait de se donner et qui se résumait à aider Coraline d'une manière ou d'une autre. Il avait conscience qu'il naviguait en eaux inconnues, inaccoutumé qu'il était à intervenir directement dans la vie des Hommes. Mais que diable pouvait-il donc faire ? Abandonner Coraline à son sort ? *On m'a tellement menti.* Cette simple évidence résonnait encore en lui, telle une cruelle sentence. Il ne pouvait prétendre que rien ne s'était passé. Cette rencontre devait vouloir dire quelque chose, même s'il ne savait encore quoi. Il ne pouvait plus se contenter d'être un simple observateur. Que faire, à partir de là ? Il n'avait pas de plan. Il ne pouvait pas non plus demander conseil à l'un de ses pairs et encore moins, à l'un des sept grands Sages. La crainte qu'on lui demandât alors de rebrousser chemin était trop forte et cela, il ne l'acceptait pas, surtout s'il avait une chance d'aider Coraline. La jeune fille projetait une autre image d'elle-même qu'elle n'arrivait pas à incorporer. La projection d'images était si instinctive, si automatique pour un lutin rose que celui-ci ne comprenait pas, à priori, d'où venait le problème, mais cela valait la peine d'essayer de le résoudre. Tout à ses conjonctures, il faillit ne pas remarquer le signe que lui faisait le chauffeur.

Il venait d'arriver à destination. Quelle horreur, tous ces immeubles se ressemblaient ! C'étaient des bâtiments à toit plat, de trois ou quatre étages, de forme rectangulaire et de couleur orangée. Pas une couleur vive et joyeuse, mais un orangé maladif, criard qui piquait les yeux. Et encore, heureusement que notre lutin observait tout cela avec ses yeux d'humains ! Ses yeux d'élémentaire en auraient été meurtris. Pas la moindre place impartie à l'originalité, au petit grain de folie, à l'émoustillant tumulte des pensées arborescentes... Non, tout était si homogène, si fastidieusement ordonné qu'un cœur atypique ne pouvait que s'y flétrir. *Comme je comprends la tristesse des humains à vivre ici, dans l'absence de fantaisie, jour après jour. Le pire, c'est qu'ils ne doivent même pas s'en rendre compte !* Tompym aborda quelques-uns de ces spécimens afin d'être sûr de trouver l'adresse exacte dans ce dédale d'allées uniformes. On le regardait avec étonnement, parfois avec dégoût, mais on ne se hasarda pas à ne pas lui répondre. (On ne sait jamais. Un homme, en haillons, aussi laid, aussi sale... Imaginez seulement de quoi il est capable !) Arrivé au bon bâtiment (Les Amaryllis ? Quel drôle de nom pour un tel lieu) et au bon étage – il vit effectivement une plaque au nom d'Édouard Zigboon, docteur patenté en âmanalyse, sur la porte n°5 – il n'avait plus rien d'autre à faire qu'à attendre que son homme en blanc revienne de l'institut Bedlam. Il ne savait encore ce qu'il pouvait lui dire, mais ce qui importait, c'était de rentrer dans l'appartement. Personne encore parmi ses amis n'avait fait ce qu'il allait entreprendre. Il ne savait pas s'il en avait seulement le droit, et cependant il n'avait pas non plus le choix. Voilà la thèse qu'il défendrait, le cas échéant.

Tompym s'était installé par terre, sur le paillasson. Il songea qu'il aurait dû revenir, même

41

un instant, reprendre des forces au Portail. Les lutins roses ne supportaient pas de rester dans le monde des Hommes pendant un laps de temps trop important. Ils avaient besoin de faire de rapides allers-retours entre leur monde et le nôtre, surtout quand ils se décidaient à séjourner à un même endroit. Autrement, ils risquaient de s'affaiblir, de se densifier, puis finalement de ne plus pouvoir réintégrer leur corps originel. À cette soudaine vision, le lutin eut un frisson. Que deviendrais-je si je devenais humain ? L'envisager était hors de question. Malgré tout, la fatigue et la faim s'installaient ; c'était mauvais signe. Il n'avait jamais eu à nourrir son avatar auparavant : la nourriture des humains alourdit les hautes vibrations émises par les élémentaires. Tom commençait à douter du bien-fondé de son entreprise quand l'ascenseur s'ouvrit sur le docteur Zigboon. Ce dernier fut surpris de voir un être dégingandé en haillons, affalé devant chez lui, mais il fut encore plus surpris de ne pas pouvoir l'identifier tout de suite (il savait à quel point cela vexait les patients). L'attitude, par contre, ne le gênait pas le moins du monde, habitué qu'il était aux bizarreries, aux singularités des gens qu'il fréquentait. Tompym, de son côté, n'avait pas vraiment préparé quelque chose à dire. Il voyait cet homme en blanc, un sourire de circonstance aux lèvres, avancer d'un pas un peu raide vers lui. Il semblait guindé comme un acteur qui connaît mal son rôle. Soudain, il s'arrêta, fronça les sourcils et fit un pas en arrière : il

42

venait de reconnaître le clochard qui l'avait tantôt poursuivi. Tom, qui fit le même rapprochement – *J'aurais dû me travestir sous les traits de Clarisse !* – se leva abruptement pour se précipiter vers sa cible et lui saisir la main. Le docteur tenta de se dégager, mais il sentit une force incroyable le clouer littéralement au sol. Sans se l'avouer, il était impressionné qu'un énergumène si maigre pût le maintenir immobile, rien qu'en lui tenant une seule main. Ou alors, c'était sa propre panique qui l'empêchait d'agir ?

— Désolé, docteur, dit doucement Tompym. Mon but n'était pas de vous effrayer. J'ai besoin de vous parler d'urgence. Pouvons-nous entrer ?

— Ah, fit le médecin en détaillant l'individu face à lui de la tête aux pieds, vous n'avez manifestement pas pris de rendez-vous, sans quoi vous sauriez que je ne reçois chez moi que le jeudi. Je suis désolé, mais...

— Ce n'est pas pour moi, coupa Tom. Il s'agit de Coraline.

— Coraline ? répéta laconiquement son interlocuteur. Voyons, comment la connaissez-vous ? Quelqu'un de l'institut vous a parlé d'elle ? Qui ?

Tompym soupira.

— Vous pouvez arrêter avec ces questions ? En quoi ont-elles de l'importance ? Ce qui importe est d'aider Coraline maintenant.

— L'aider ? Bien sûr que nous l'aidons. Tous les jours.

— Non, vous ne comprenez pas. Comment

43

vous expliquer en des termes plus simples ?

À ces mots, le docteur Zigboon rougit brutalement.

— Comment osez-vous me dire une chose pareille ? s'énerva-t-il. Savez-vous qui je suis ? Je suis docteur en médecine et en âmanalyse, alors que vous, vous êtes... Enfin... Vous êtes...

— Un lutin, suggéra Tom avec un demi-sourire.

— Ne soyez pas stupide ! Vous savez bien ce que vous êtes : une personne qui a manqué de chance, qui a du mal à se reprendre, qui ne sait où elle en est...

— J'ai plutôt l'impression que vous me parlez de vous.

— Bon, d'accord, je n'arriverai pas à vous faire entendre raison, s'offusqua l'âmanalyste. Vous êtes manifestement dans l'illusion du Moi profond. Je vous recommande d'aller consulter rapidement. Mais... Quelqu'un d'autre. Laissez-moi rentrer chez moi, maintenant !

— C'est tout ce que je cherche à faire depuis tout à l'heure ! s'écria notre lutin.

Le docteur Zigboon toisa Tom en écarquillant les yeux comme s'il avait affaire à un fou. Il essaya de faire un pas en avant. Sans succès. Il put toutefois sortir ses clefs de sa poche.

— On avancera ensemble, l'invita Tom. Ce sera plus facile.

L'âmanalyste obéit malgré lui à ce qu'il prit pour un ordre : il déverrouilla la porte et les deux hommes pénétrèrent dans l'appartement.

— Qu'avez-vous donc l'intention de faire ? demanda l'homme en blanc, une pointe d'inquiétude dans la voix.

— Je vous ai dit que je voulais vous parler de Coraline.

— Oui et vous n'avez pas répondu à mes questions.

— Elle est désespérément malheureuse. Je n'ai même jamais vu un être humain aussi malheureux.

— Elle n'est pas malheureuse. Bien sûr, on ne sait pas ce qu'elle ressent et si même elle ressent quoi que ce soit, mais du moins, elle est tranquille. Elle va bien.

— Vous n'êtes pas observateur, décidément. Même si vous ne l'entendez pas quand elle parle, vous pourriez voir qu'elle va mal. Vous pourriez essayer de vous mettre à sa place, non ?

— Quand elle parle ? Mais mon pauvre vieux, elle est dysharmonique, elle ne parlera jamais.

— Très bien, renauda le lutin. Vous ne m'aiderez donc pas à la faire sortir de sa prison ?

— Mais vous n'y songez pas ! Et ce n'est pas une prison !

Tom vit que toute discussion était inutile. Il inspecta alors l'appartement où il se trouvait. Cela semblait spacieux, mais bien vide... Vide de couleurs, d'ornements, de décorations. À l'instar du quartier. L'atmosphère aussi était lourde. S'il

45

devait vivre quelque temps ici par nécessité, il aurait quand même besoin de partir se ressourcer au Portail quelques minutes tous les jours ou tous les deux jours.

— Si ce n'est pas trop vous demander, pourriez-vous me lâcher la main, s'il vous plaît ?

— Ah pardon. Où avais-je la tête ?

Le médecin se frotta la main qui était tout endolorie.

— Il y a combien de pièces ? reprit Tom.

— Pardon ? dit le docteur Zigboon.

— Oui, combien de pièces ? répéta Tom.

— Euh..., balbutia son interlocuteur. Pardon, j'ai du mal à réfléchir vu les circonstances. Voyons, nous sommes dans l'entrée. À gauche, il y a des toilettes. À droite, cette porte ouvre sur une petite salle d'attente et plus loin, il y a mon bureau qui me sert également de cabinet. D'ici, on voit aussi la cuisine et l'espace salon-salle à manger. Enfin, au-delà, il y a ma chambre et la salle de bains. Pourquoi voulez-vous savoir cela ?

— Parce que je vais vivre ici quelque temps.

— Ah ?

— Ben oui. J'ai besoin de vous. Vous allez m'aider à rendre visite à Coraline.

L'âmanalyste reprit le dessus l'espace d'un instant.

— Jamais je ne vous aiderai à cela. Et même si j'étais d'accord, les règles de l'institut

46

l'interdisent.

— C'est un bâtiment qui vous donne des ordres ?

— Non, mais comme vous êtes bizarre ! Vous savez bien que c'est le système. C'est comme ça !

— Non, je ne sais pas. Je ne suis pas d'ici. C'est étrange quand même ce que vous me dites. On m'a toujours dit que les êtres humains jouissaient de leur libre arbitre. Apparemment, c'est faux ? Tiens donc, j'en aurai des choses à raconter.

— Vous essayez de m'embrouiller, mais vous n'obtiendrez rien de moi, je vous le garantis.

En guise de réponse, Tom inspecta l'homme en blanc sous toutes ses coutures, sans oublier les yeux.

— Que faites-vous ? Bon sang, mais que faites-vous ?

— Vous pourriez cesser d'avoir peur, s'il vous plaît ? Je vous ai dit que je ne vous ferai pas de mal. J'ai juste besoin de vous examiner quelques instants afin de consigner dans ma mémoire votre figure, votre mine, vos expressions. C'est un peu comme une de vos photographies. Ce n'est pas long normalement, quasiment instantané, mais les émotions que vous dégagez sont gênantes, pour moi et aussi pour vous.

— Je ne comprends rien à ce que vous me

dites. Je voudrais juste que vous sortiez de chez moi, renifla l'âmanalyste.

Tom fut soudain pris de pitié pour l'homme. Il pensait tellement à Coraline qu'il n'avait pas pris en compte les sentiments d'une tierce personne. *Aïe*, se souvint-il, commençait-il à trop se densifier ? Ce défaut, tellement humain, de parvenir à ses fins, quels qu'en fussent les moyens, n'était pas le sien. Ou alors non, ce n'était pas tout à fait vrai, corrigea-t-il. Disons plutôt que la vraie différence distinguant un humain d'un élémentaire était la nature en soi du but recherché. Celui-ci, d'une race à l'autre, n'était pas le même. Quand le dessein d'un humain était d'acquérir de la richesse sur le plan matériel, un lutin rose souhaitait vivre de riches expériences qu'il pouvait transmettre. Quand un humain voulait, par-dessus tout, obtenir du pouvoir sur les autres, une fée cherchait le meilleur moyen de servir la Nature. Quand un humain espérait devenir un parangon d'esprit et de grâce pour briller en société, un gnome, toujours très grégaire, prenait plaisir à faire des activités drôles avec les siens.

— Je vous promets que je resterai le moins longtemps possible, dit Tom. Je fais ça pour Coraline et pour nulle autre raison. Maintenant, vous avez besoin de vous reposer. Allez dormir. Vos besoins basiques seront satisfaits pendant votre sommeil. Vous allez vivre un rêve et quand vous vous réveillerez, j'aurais disparu et vous n'aurez plus aucun souvenir de mon séjour chez

48

vous.

Sur ce, Tom effleura le visage de son hôte et lui envoya son souffle dans les yeux. Le docteur était allé au lit sans s'en rendre compte. Tel un somnambule, il s'était lavé les dents, s'était déshabillé et avait mis son pyjama. C'était comme s'il n'était plus en phase avec lui-même. Il était en train de rêver : tout ce qu'il faisait et tout ce qu'il voyait constituaient la trame d'un songe, rien de plus. Tom profita de ce moment de répit pour retourner au seuil du Portail. Il n'avait pas besoin de le faire longtemps. Quelques minutes étaient suffisantes pour éthériser son corps véritable. Mais comme le temps dans le monde des mortels ne tournait pas de la même façon, c'était déjà le matin quand il revint. Il se dépêcha de rentrer à l'appartement de la rue de Lille pour empêcher le docteur Zigboon de se réveiller. Il n'eut qu'à lui toucher le visage, en lui envoyant télépathiquement l'injonction « Dors ! » pour que l'âmanalyste plongeât de plus belle dans le royaume des rêves. Ensuite, le lutin projeta sa nouvelle image et se dirigea d'un bon pas vers un arrêt de bus. Il avait hâte de revoir Coraline, il avait hâte de lui amener un sourire aux lèvres, même s'il ne comprenait pas encore tout à fait cette attirance. Certes, le sort du personnage l'avait touché, mais il y avait quelque chose en plus. Était-ce le bleu de ses yeux fendus en amande qui l'interpellait ? Ce n'était pas un bleu comme on en voit ici-bas. Une telle couleur, si profonde, si intense, était insolite chez un

49

humain. Elle lui rappelait plutôt le camaïeu indigo qui était la caractéristique du regard des nymphes, les filles de l'eau. Cependant, cela n'était pas le seul détail qui étonnait le lutin. La forme du visage de la jeune fille s'apparentait à celle d'un élémentaire. Un humain, par contraste, a un visage plein dont les lignes jouent sur les arrondis. Un élémentaire a un visage plus angulaire et des oreilles acuminées. En outre, la jeune humaine était belle. Non qu'il n'y ait point de belles femmes, mais la beauté des élémentaires est différente : hypnotique, transcendante, mystifiante. Malgré sa grande taille, Coraline aurait pu passer pour une fée, si elle avait eu des ailes, ou pour une sirène, si elle avait eu une queue de poisson. Même une douce lupronne aux yeux d'automne aurait pu avoir ses traits. Était-elle le fruit d'une union peu commune entre une humaine et un membre du petit peuple ? Tompym avait déjà entendu parler de ces amours singulières, mais cela lui avait toujours paru extraordinaire et trop insensé pour s'y intéresser. Jusqu'à maintenant. Le bus s'arrêta alors abruptement et Tom se rendit compte qu'il venait d'arriver sur « Le plateau ». Il reconnaissait bien l'endroit et avait la satisfaction de pouvoir, cette fois-ci, franchir le portail d'entrée en adressant un large sourire, non édenté, aux deux gardiens qui, la veille, l'avaient repoussé sans ménagement. Ces deux derniers étaient étonnés de voir l'âmanalyste arriver de si bonne heure.

— Il n'est pas en retard, pour une fois, dit

l'un d'eux.

— Ouais et en plus, il semble de bonne humeur. C'est pas comme d'habitude, ajouta le second.

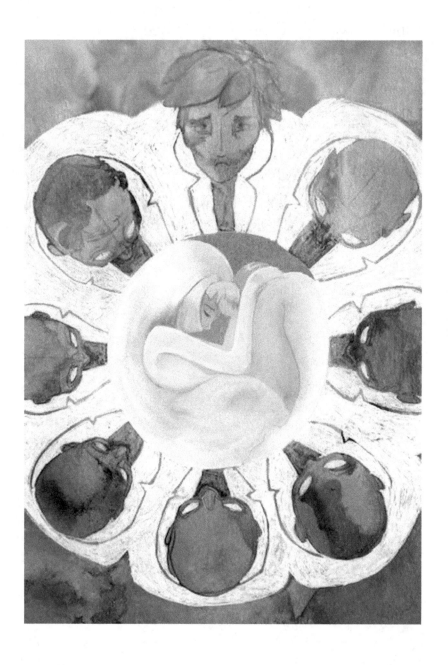

Chapitre 4
Les âmanalystes de Bedlam

Tompym était si content qu'il se sentait pousser des ailes et il avait le sentiment d'avancer avec la vélocité dont il jouissait naturellement dans son pays d'origine. Là-bas, l'intention se traduisait en action bien plus vite que sur Terre. En outre, personne ne l'arrêta sur son chemin. Arrivé à l'accueil, il demanda à voir Coraline. Il eut droit à un clignement des yeux compulsif de la part de l'homme à qui il s'adressa.

— Mademoiselle Coraline Hayer ? Vous avez de la chance qu'elle soit la seule à porter ce prénom ici. Si vous aviez réclamé Anna, par contre...

— Oui, bien sûr, enfin, pouvez-vous me dire où elle est ? s'impatienta Tom.

— Euh... Docteur, c'est une de vos patientes. Vous devriez avoir son emploi du temps, non ?

— Ah oui, d'accord. Bien sûr, je le sais. Seulement, je n'ai pas son emploi du temps sur moi. Pouvez-vous me renseigner ?

— Désolé, j'ai un problème d'ordinateur. Tout n'a pas été mis à jour et je ne peux rien vérifier pour vous, pour l'instant. Mais, ajouta l'homme en regardant sa montre, je dirais que si elle n'est pas encore au réfectoire avec son accompagnatrice, elle est peut-être en séance d'emmaillotage.

— En séance d'emmaillotage ? répéta lentement Tompym, sans oser demander ce que cela voulait dire.

— Oui, comme tous les matins, vous le savez bien. Cela lui calme bien les nerfs avant de vous voir, n'est-ce pas ?

— Euh oui. Sans doute. Je veux dire, parfait ! Où est-ce ?

— Voyons, docteur, vous n'ignorez pas que vous ne pouvez interrompre le travail des emmaillotologues. C'est éventuellement à la fin que vous arrivez.

Tompym en avait assez d'attendre et de discourir vainement. Il allait vertement répliquer quelque chose à l'homme de l'accueil, quand un confrère en blouse blanche le prit familièrement par le bras en lui disant que la réunion était sur le point de commencer. Le lutin allait résister, mais il préféra se laisser emmener vers un « quelque part » qui le rapprocherait peut-être de Coraline. Avant qu'il ne disparût toutefois dans l'ascenseur, l'homme de l'accueil lui lança : « Au fait, la nuit dernière a été particulièrement difficile. On a dû l'attacher. » Mais Tom n'eut le temps de dire quoi que ce fût ; les portes s'étaient refermées.

— Ed ? Ed ? Tu as l'air bien secoué, mon vieux. Que se passe-t-il ?

— Ils l'ont attachée, ils ont attaché Coraline, répéta laconiquement Tom, comme s'il avait besoin de détacher chacune des syllabes pour mieux se rendre compte de l'horreur de la chose.

— Ben oui, ça leur arrive. Faut se mettre à leur place.

— Personne n'essaie de se mettre à la place de Coraline ?

— Qu'est-ce qui t'arrive ? Tu as besoin de quelques jours de repos ? Je sais comment elle est : belle, jeune, innocente. On pourrait facilement oublier qu'elle est malade…, mais ce n'est pas le cas. Alors, reprends-toi, mon vieux. Elle est dysharmonique. Elle est dans sa bulle. À jamais dans le silence, un peu comme une enveloppe sans essence, une coquille vide. D'ailleurs, son regard est éteint comme s'il reflétait… Ah on est arrivés.

Tom entra dans la salle de réunion et s'assit, sans réfléchir, à côté du confrère avec qui il avait hâtivement discuté dans l'ascenseur. Tout le monde était installé autour d'une grande table ronde. Hommes et femmes, en blouse blanche, palabraient avec animation. Tom ne les écoutait pas. Une profonde tristesse l'avait envahi. Il n'en était pas familier, bien sûr, aussi se sentait-il complètement abattu.

— Hé ! Édouard, ça va ? lui demanda une consœur en face de lui, l'air préoccupé.

— Non, répondit Tom qui s'étonna du ton abrupt de sa réplique. Cela se voit pourtant, je suis transparent, non ?

— Ne le prends pas mal, souffla l'homme de l'ascenseur, il pense à une certaine patiente.

Tom remarqua, avec dégoût, le petit sourire en coin de la dame qui l'avait apostrophé, mais il ne riposta pas. Il avait envie de se lever et de partir. Néanmoins, l'agitation qui le saisissait, si courante et si banale pour les humains, l'obligeait à prendre une pause salutaire. Tout ce qui touchait Coraline, de près ou de loin, affectait tout son être. Encore une fois, il se demanda comment les mortels faisaient pour vivre un tel débordement d'émotions, quasi quotidiennement, sans passer de vie à trépas. Car, s'il avait déjà été jadis le témoin de scènes douloureuses, il ne les avait pas vécues lui-même. Devait-il en passer par là, avant de franchir la prochaine étape de son plan évolutif ou était-il en train de se fourvoyer ? Dire qu'il croyait que seuls les Hommes avaient besoin de souffrir pour s'améliorer. Afin de distraire son esprit agité, torturé, il se concentra sur ce qui se déroulait autour de lui. On parlait du cas d'une petite fille « désaxée ». Chacun avait un avis à ce sujet et une personne, en particulier, les notait sur une feuille de papier. C'était tous des âmanalystes, bien sûr. Ils se ressemblaient, par leurs vêtements, leur affectation, leurs paroles. Leur âme avait les mêmes teintes fuligineuses. On aurait dit des corbeaux déguisés en colombes qui croassaient à qui mieux mieux ou encore une seule entité vorace, prête à digérer tout ce qui ne lui était pas

56

semblable.

La petite fille désaxée avait lancéun ballon à sa thérapeute pour la première fois de sa vie. Une telle action posait problème, car elle était tout bonnement aberrante.

— C'est extraordinaire ! fit un premier âmanalyste qui portait une chemise rouge sous sa blouse blanche. Jamais je n'aurais imaginé qu'elle puisse être capable de faire ça un jour !

— Je ne comprends pas, pour ma part, ce qui s'est passé, ajouta un autre au crâne chauve. Le ballon représente le sein de sa mère, l'être avec lequel elle n'a jamais créé de lien. Elle n'aurait jamais dû même pouvoir toucher un ballon.

— Voilà comment moi je conçois l'affaire, reprit le premier. La petite a dû vouloir manifester sa colère à l'égard de la mère.

— Tout à fait, s'exclama une troisième qui avait un chignon gris et des lunettes. Elle m'a touchée au ventre d'ailleurs. Le ventre, c'est les dents de la mère, après tout. La petite a voulu prendre l'arme féminine par excellence, le sein, et le rejeter en disant à sa mère : « Non, tu ne me mangeras pas ! »

— Ah non, je ne te permets pas de dire cela, ma chère consœur, rétorqua le second. Le sein, c'est phallique. Toutes les armes féminines sont phalliques. Dois-je te rappeler que la Femme n'existe pas dans l'Inconscient ?

— Non, non, bien sûr. Simple erreur de vocable de ma part.

— Mais le lapsus est toujours révélateur. Qu'avais-tu, toi-même, à cacher ?

— Pardon, mais, là, nous aberrons sans réserve. Revenons donc à nos moutons et dans notre cas précis, à notre ballon, dit l'homme à la chemise rouge.

— Tout à fait, renchérit un quatrième, elle a voulu rejeter sa féminité dans son ensemble et malheureusement, comme elle n'a jamais été soumise à la loi du Père, elle est devenue psychotique.

— Vous devez tous avoir raison, je l'admets, conclut un cinquième. Nous devrions noter tout ça dans son rapport. Je suis content, nous avons bien avancé. Passons au dossier de Coraline Hayer.

Les oreilles du lutin se dressèrent.

— Bon, qui veut bien nous retracer, dans les grandes lignes, le passé de cette jeune fille ? Édouard, tu t'y colles ?

— Non, protesta l'homme de l'ascenseur, il ne l'a prise en charge qu'il y a cinq mois. Jacques, toi, tu la connais mieux. Tu étais là quand sa mère nous l'a amenée.

— Certes, dit Jacques en prenant le dossier, mais je ne l'ai eue en séance qu'au début. N'hésitez donc pas à combler les blancs si besoin est. Alors, la patiente est dysharmonique, hystérique, psychotique et atteinte d'une irréfragable névrose pathétique avec des troubles pithiatiques, étrangement non guérissables par la persuasion. (Est-ce que j'en oublie ?) Son père est banquier, sa mère flûtiste...

— C'est vrai que les choses partaient mal dès le début, commenta l'homme à la chemise rouge. Une flûtiste ! Quelle idée d'exercer un métier aussi phallique quand on a l'ambition de devenir mère !

— Certes, certes, poursuivit Jacques. Les parents ont divorcé quand leur fille avait trois ans. Puis, la mère, qui en avait la garde, nous l'a amenée après qu'on l'a aidée à se rendre compte qu'elle était entièrement responsable de la pathologie de son enfant. Coraline avait alors huit ans. Cela fait donc dix ans qu'elle vit chez nous. Après de fréquentes visites au début, la mère qui a, depuis, refait sa vie a cessé de venir. C'était moi son thérapeute à l'époque et je me félicite encore de lui avoir fait comprendre qu'il était nécessaire et salutaire, pour elle, de faire le deuil de son enfant, car cette dernière la verrait toujours comme une ennemie, comme celle qui inconsciemment n'a jamais voulu d'elle.

— Comment sait-on que sa mère ne voulait pas d'elle ? intervint Tom.

— Voyons, Édouard, c'est évident. La Mère est, de par sa nature, un crocodile qui chercherait à dévorer sa progéniture si la loi du Père n'était là pour l'en empêcher.

— Tout à fait, tout à fait, mon cher confrère. Édouard, tu négliges, en outre, le fait que cette femme s'est retrouvée seule à élever son enfant pendant quelques années, sans la présence salvatrice d'un homme. Elle ne pouvait plus s'en sortir et c'est normal. Sa fille, qui était encore sauvable à trois ans, ne l'était plus à huit. L'état de la malheureuse s'était dégradé au point où on ne pouvait plus vraiment rien faire, en termes de progression. Le mieux que l'on puisse obtenir est une stabilisation des symptômes depuis le départ de la mère.

— Mais, c'est affreux ! dit Tom, tout à fait bouleversé.

— Je ne te le fais pas dire.

— Non, reprit Tom, je veux dire, c'est affreux de dépeindre ainsi sa mère. Lors de mes voyages, ici ou du côté de chez moi, j'en ai vu des mères : certaines étaient seules, d'autres non, mais toutes aimaient leurs enfants. Il existe des tas et des tas d'histoires à ce sujet.

— Dans le cas qui nous occupe, Édouard, dit l'homme au crâne chauve qui avait haussé un sourcil à l'évocation des voyages entrepris par notre lutin, il y a un cumul insoutenable : on a une mère abandonnée (le père n'est jamais revenu), désespérée (ses émotions de Femme n'ont pas bénéficié du joug tutélaire d'un homme) et... flûtiste ! T'en rends-tu compte ?

— Et le père absent, dans tout ça, il n'est pas responsable ? fit Tom qui perdait patience.

L'assemblée sombra alors dans un bref silence et tous ou presque toisaient Tom en secouant doucement la tête.

— Mon cher Ed, dit pédagogiquement

60

l'homme de l'ascenseur, je crois qu'il est temps pour toi de revoir nos cours, nos textes fondateurs, sans quoi tu risques de les détorquer. Relis aussi, peut-être, le livre de Jacques sur la Mère double-face.

— Ah, comme le scotch, réalisa l'homme à la chemise rouge, en riant dans sa barbe.

— Tout à fait, tout à fait. Bon, reprenons, à moins qu'Édouard ait encore besoin de dire quelque chose. Non ?

Tom fulminait et cela lui était inhabituel. Une telle colère pouvait le forcer à retourner se ressourcer au Portail plus vite que prévu. Aussi, il secoua la tête et décida de se taire, pour le moment.

— OK, je reprends, dit Jacques. Voyons les conséquences de la pathologie de la patiente : elle n'a jamais dit un mot et elle n'a jamais cherché à interagir avec l'un d'entre nous. Pendant mes séances avec elle, elle était soit léthargique (merci aux emmaillotologues), soit assez violente.

— Violente ? ne put s'empêcher de demander Tom, comment cela ?

— Ben, tu sais, Édouard, mes observations ne sont guère différentes des tiennes. La violence n'a pas beaucoup changé. D'après ce que j'ai compris, c'est plutôt la fréquence qui a diminué. Heureusement.

— Elle doit bien avoir une raison pour se mettre dans un état pareil, reprit Tom.

— Oui, fit l'homme de l'ascenseur, c'est la question que tu te poses toujours et c'est là qu'on ne s'entendra pas : tu cherches trop à humaniser cette créature. Arrêtez-moi si je m'égare, mais son Moi a quand même été morcelé, puis recombiné de façon désordonnée.

— Oui, c'est tout à fait juste, dit la dame au chignon gris. Et, malheureusement, il est extrêmement rare de pouvoir recombiner un Moi morcelé dans le bon sens.

— Sans compter qu'elle souffre aussi d'un manque d'osmose avéré !

— Certes.

Tom ne comprenait rien à ce qui se disait et il n'osait questionner ses confrères sur le sens des termes employés, des termes que le vrai docteur Zigboon était censé connaître. Pourtant, il voulait en savoir plus sur les accès de violence de Coraline.

— Dites-moi, fit-il, est-ce que d'autres personnes ont assisté à ces scènes ?

— Ne me dis pas que tu as oublié ce qui s'est passé à la bibliothèque la semaine dernière, dit l'homme à la chemise rouge. Elle m'a quand même bien mordu le bras !

— Non, je n'ai pas oublié, bien sûr, mais je voudrais que tu me... que tu *nous* racontes cet événement à nouveau. C'est important, la répétition. Car, bafouilla-t-il devant les regards proprement ahuris qu'on lui lançait, j'aime bien... visualiser – oui, c'est ça – visualiser, donc, ce qu'on me raconte. Cela m'aide à mieux comprendre. Et une bonne visualisation ne peut se faire en une seule fois. N'est-ce pas ?

Les âmanalystes considérèrent ces paroles et hochèrent gravement la tête.

— D'accord, Édouard, je veux bien t'aider à *visualiser* la chose. Comme vous le savez tous, j'amène mon groupe de patients à la bibliothèque, tous les jeudis, et je les installe à la section jeunesse. Rien d'extraordinaire jusque-là. Pourtant, cette fois-ci, je remarquai que Coraline avait un livre de biologie entre les mains. Je ne sais comment elle l'avait pris. Je ne l'ai pas vue faire et je ne peux être partout.

— Ne te justifie pas, Alfred. Continue.

— Je ne me justifiais pas ! Je voudrais juste que l'on conçoive bien la justesse de mon action et, du coup, l'absence de logique de Coraline. Donc, quand je l'ai vue feuilleter (ou plutôt survoler frénétiquement) les pages d'un ouvrage qu'elle n'était pas à même de comprendre, j'ai gentiment procédé à un échange : un livre de Oui-Oui contre le livre de biologie. C'est là qu'elle a eu une crise inexplicable : elle a déchiré les pages du livre pour enfants, m'a saisi le bras et m'a férocement mordu. Je ne savais plus quoi faire.

— Je sais que tu ne seras pas d'accord avec moi, intercéda le chauve, mais moi, quand je les emmenais à la bibliothèque, je préférais laisser Coraline feuilleter ce qu'elle voulait. Elle ne prenait jamais de livres pour enfants et ce n'était pas grave. Au moins, elle était calme. Un peu

63

comme lorsqu'on la laisse devant la vitre du lobby. Elle ne bouge pas. Elle est paisible.

— Effectivement, je ne suis pas d'accord avec toi. Certaines fois, il faut prendre le taureau par les cornes et oser dire « Non ! ». Autrement, elle n'apprendra jamais rien.

— Mais, que veux-tu qu'elle apprenne ? riposta l'homme de l'ascenseur. C'est nous qui apprenons d'elle.

— C'est nous qui apprenons d'elle ? répéta le lutin. Ne sommes-nous pas là plutôt pour l'aider ?

— Ah quel bon samaritain tu fais ! Je te reconnais bien là. Tu souhaites encore qu'on ait recours à ces nouvelles méthodes qui nous viennent d'outre-Atlantique pour...

— Non ! Arrête de toujours parler pour moi, s'énerva Tom. Je ne suis pas un samaritain et ce que je veux dire, c'est qu'on la prend pour un cobaye. C'est clair, non ? Maintenant, je voudrais savoir pourquoi ? À quoi bon ?

— Tu vois les choses de façon bien extrême, je trouve, dit la dame au chignon gris.

— Oui, nuance tes propos, Édouard !

— Rien n'est complètement rose ou noir.

— Voyons, calme-toi, Ed ! dit l'homme de l'ascenseur. Chacun, ici, n'a pas d'autre but que d'aider ses patients du mieux possible. Je dirais même...

— Vous esquivez tous ma question, coupa Tom. Que faites-vous donc sinon interpréter les attitudes, les actions de vos patients ? À quoi cela sert-il ? Et surtout, en quoi cela leur sert-il ? Rester ici me fatigue plus que cela ne me repose. Je vous abandonne à vos discours creux pour rejoindre ma patiente.

Tom se leva brutalement sous les prunelles ébahies de ses confrères. Jamais personne n'aurait pu présager un tel éclat de la part d'une personne aussi circonspecte que le docteur Zigboon. Il y avait anguille sous roche. Quelque chose avait dû se passer dans sa vie pour le déstabiliser à ce point. À peine était-il sorti que les langues reprirent bon train, mais cette fois-ci, en se désintéressant sans partage des dossiers empilés sur la table.

— Bruno, toi qui le connais bien, tu sais ce qui se passe ? demanda Jacques.

— Je suppose, oui. Comme certains parmi vous ont pu le constater, il nourrit trop d'affection pour sa patiente et nous savons, tous, qu'il est vital de garder ses distances. C'était à prévoir, malheureusement. Déjà, dans l'ascenseur, je l'avais trouvé bizarre. Il nous faudra peut-être très bientôt le dessaisir du dossier de Coraline Hayer. Êtes-vous également de mon avis ?

À mesure qu'il s'éloignait de la salle de réunion, Tom se sentait mieux. Il n'avait jamais explosé de colère auparavant et, pour aussi déconcertant que cela pût paraître, il en était presque content. Appréhender une facette plus sombre de l'âme humaine était une nouvelle expérience qui lui permettait d'accroître sa capacité à ressentir de l'empathie. Comment autrement connaître une personne dont on veut se rapprocher ? Il commençait à comprendre l'agressivité de Coraline. Certes, ses amis pourraient lui reprocher de ne pas être resté à sa place et d'avoir peut-être même pris des risques aux dépens du docteur Zigboon. Toutefois, il avait eu le courage de faire valoir son opinion et il espérait qu'elle fasse son chemin dans la réflexion labyrinthique des âmanalystes. Était-il trop optimiste ? Il avait besoin de l'être. Chez lui, l'optimisme était un état naturel qui ne requérait nul effort. Sur Terre, au contraire, on aurait dit qu'il fallait plutôt batailler avec soi-même pour le maintenir. Seulement maintenant en avait-il véritablement conscience et cette nouvelle connaissance l'enthousiasmait. Il avait hâte de la partager avec sa nouvelle amie. Sa nouvelle amie ? Elle ne quittait guère son esprit. Aussi peinait-il à croire qu'il ne la connaissait que depuis la veille. Peut-être ressentait-elle la même chose pour lui ? Il le souhaitait tant. Sa colère s'était complètement dissipée. Ne restait que l'envie de revoir Coraline. Comme il ne voulait interroger à nouveau l'homme de l'accueil du rez-de-chaussée, il décida de vérifier si, par hasard, elle ne se trouvait pas dans le lobby. Il descendit alors de deux étages pour se retrouver au premier. La chance n'était pas avec lui, mais son air contrit ne dura point. La dame de l'accueil lui annonça, en effet, que Coraline arriverait sous peu dans son bureau, en compagnie de son emmaillotologue. *Aïe*, il ne connaissait pas le numéro de sa salle. Il sortit maladroitement de sa poche une sorte de carte et un trousseau de clefs. Il les tendit à son interlocutrice en lui demandant obligeamment de bien vouloir l'accompagner, sous le fallacieux prétexte qu'il avait mal à la jambe. Cette dernière s'exécuta bien qu'elle fût fort occupée, déclara-t-elle avec un sourire, et qu'elle n'eût point rendu ce service à tout le monde. Elle se flattait ainsi que le docteur Zigboon ressentît les bénéfices de son aide fortuite. En vain. Tom ne faisait cas ni de son verbiage, ni de sa personne. Il considéra le couloir, vit une porte entrouverte, laissa échapper un soupir et entendit vaguement sa béquille humaine lui dire : « Ah, ben vous voyez, votre patiente est certainement déjà là, ils ont dû arriver quand je prenais mon café... ». À peine le seuil de son cabinet franchi, son regard se fixa sur la jumelle de Coraline, qui se tenait debout, stoïque, derrière son véhicule corporel, tranquillement assis sur une chaise. Il s'installa à son bureau sans quitter des yeux sa douce amie. Il y avait une autre personne assise en face de lui. Sans doute le thérapeute. Coraline intima télépathiquement au lutin d'attendre le départ du docteur Bubouffe avant de lui parler plus librement. « Désolée, souffla-t-elle presque immédiatement, je suis maladroite. J'entends des ordres toute la journée et je ne sais, moi-même, faire une demande sans sembler péremptoire. » Elle était aussi très anxieuse à l'idée qu'il pût ne pas revenir la voir. Mais, Tom ne s'ombragea point de son ton. Il s'extasiait simplement à tout ce qu'elle disait et tout ce qu'elle était. Il admirait, en outre, l'opalescence de son teint, la profondeur de son regard un peu inquiet et ses longs cheveux coiffés derrière des oreilles légèrement pointues. Belle, elle l'était, telle une ondine de Faërie virevoltant gaiement dans les eaux cristallines du lac émeraude ! À cette pensée, elle fit une grimace et son aura s'imprégna d'une nuée sombre suscitée par un énervement que Tom ne comprit point. Il voulut l'interroger pour savoir en quoi la scène évoquée lui était désagréable, voire pénible, mais le regard appuyé de l'âmanalyste l'interpella. Il se rappela alors ce que Coraline lui avait dit. *Comment font donc les humains*, songea-t-il, *pour se débarrasser d'un intrus ?*

Chapitre 5
La jeune fille de l'eau

— Alors, tu ne dis plus bonjour ? demanda le docteur Bubouffe.

— J'attendais que tu le dises, répondit le lutin du tac au tac.

— Tu as l'air un peu dans la lune quand même. Est-ce que tu dors bien ?

— Oui, oui, ça va. Tu as quelque chose à me dire concernant Coraline ?

— Mademoiselle Hayer a eu une très bonne séance et, comme tu le vois, elle est toute calme.

— Une horrible séance, comme d'habitude ! dit mentalement Coraline. J'aimerais que ce gros plein de soupe se retrouve nu et emmailloté dans des draps glacés pendant une longue heure ! Bien sûr que mon corps est calme après s'être débattu comme un beau diable, mais mon esprit bout encore de rage.

— Bonne, tu dis ? N'est-ce pas une griffure que tu as à la joue ?

— Oh, j'ai déjà vu pire. Non, je t'assure, la séance s'est bien déroulée et voici la liste de médicaments qu'elle a pris ce matin. Plus qu'hier. On t'a peut-être dit que la nuit fut agitée.

— Oui, oui.

Mais, qu'attendait-il pour partir ?

— Au fait, la réunion est déjà finie ? Je ne savais pas si tu allais manquer ou non ta séance. On t'a quand même attendu, au cas où, mais si tu n'étais finalement pas venu, j'aurais emmené Mademoiselle Hayer au lobby.

— Pourquoi le lobby ?

— Ben, tu le sais bien, elle n'aime pas toujours faire les activités avec les autres. Elle s'énerve facilement. Sauf à la bibliothèque. Et on ne peut pas la laisser constamment à la bibliothèque.

— Mais, devant une vitre, cela ne pose pas de problème, dit Tom sur un ton sarcastique.

— Cela ne me dérange pas, souffla Coraline.

— Qu'est-ce qui te prend, Édouard ? Tu m'inquiètes, je t'assure.

— Tu as autre chose à me dire avant de partir ? demanda brutalement Tom.

— Non. Je m'attendais juste à ce que tu me donnes le programme de ta séance. C'est tout.

— Écoute, je t'en parlerai demain. Là, j'ai perdu trop de temps.

— Bon, bon, je m'en vais. Je me figurais qu'on pourrait faire cette séance à deux, vu que j'ai une pause d'une heure, mais tu n'as pas besoin de moi, on dirait.

Sur ces entrefaites, le docteur Bubouffe sortit en jetant toutefois un dernier regard soucieux à l'adresse de son confrère.

— Je te confie, quand même, l'évaluation de

72

mes dernières séances avec Mademoiselle Hayer, dit-il en tendant un document à Tom.

Maintenant qu'il était seul avec Coraline, Tom ne savait plus quoi dire. « Bonjour » semblait superflu, « Comment allez-vous ? », banal. Pourtant, il mourrait d'envie de mieux la connaître.

— Moi aussi, dit doucement Coraline.

— C'est vrai, j'oublie que vous entendez mes pensées.

— Comme vous les miennes. Non ?

— Oui, mais j'évite. Vous, les humains, avez des pensées tellement désordonnées, tellement envahissantes (même pour vous) et tellement discordantes que nous, les élémentaires, préférons éviter de les percevoir. Ce sont elles qui vous contrôlent. On dirait un fatras nébuleux flottant littéralement autour de vous. Vous passez si facilement d'une émotion à l'autre, d'une idée à l'autre ; il est difficile de vous suivre !

— Voilà donc un point que je partage finalement avec les autres humains, déplora la jeune fille. C'est drôle, cela ne me plaît pas trop.

— Oh, je suis désolé si je vous ai vexée. Je ne cherchais pas à vous blesser. Je ne faisais que décrire un fonctionnement qui nous paraît incohérent, car il se distingue du nôtre, c'est tout !

— Incohérent, vous dites ? En quoi, alors,

êtes-vous différent des âmanalystes ? s'offusqua soudainement la jeune fille. Après tout, eux aussi me jugent incohérente, car dissemblable des autres humains.

— Je suis différent d'eux, car je ne vous aurais pas mise en cage ! L'incohérence des humains nous fait sourire, mais nous ne les détestons pas pour autant. Personne chez moi n'aurait peur de vous. Personne chez moi ne vous aurait enfermée, d'ailleurs, conclut le lutin avec ferveur.

— Pardon, je suis un peu amère. Je vous crois, évidemment. Vos pensées sont si claires, si honnêtes. Cela me change. Celles de mes thérapeutes sont confuses. Ils passent du coq à l'âne, disent une chose et en pensent une autre, tout le temps.

— Les humains sont ainsi. Peu, parmi eux, arrivent à être présents à ce qu'ils font. Par exemple, quand ils travaillent, ils pensent à leurs prochaines vacances et quand ils sont en vacances, ils pensent à leur travail. Les humains se laissent, presque continuellement, envahir par des pensées parasites – certains plus que d'autres. Je suis susceptible de toutes les entendre, en même temps, mais je les bloque de peur de devenir fou. Vous comprenez, maintenant, pourquoi nous les trouvons incohérents ? C'est un simple constat, pas une condamnation.

— Oui, dit Coraline avec un sourire. Je croyais juste être différente de ce côté-là.

— Oh, mais vous l'êtes la plupart du temps !
Quand votre aura émet cette couleur d'un bleu
si pur, comment vous sentez-vous ?

— Comme à notre première rencontre, vous
voulez dire, devant la baie vitrée du lobby ?

— Oui.

— C'est simple, je me sens bien, sereine.
Tous, ici, s'imaginent que c'est l'effet des
médicaments, mais ils se trompent. Quand je suis
devant une vitre, je voyage, je ne suis plus en
prison. Si seulement quelqu'un ici le voyait. Il y
a bien Clarisse qui est différente des autres...
Mais, même elle, garde ses distances. Personne
ne cherche à me comprendre.

— Non, effectivement. Je m'en suis rendu
compte, à la réunion.

— Oui, j'avais perçu votre colère. On aurait
dit que je vous avais communiqué la mienne.

— C'est peut-être ce qui s'est produit, dit le
lutin avec un sourire. J'ai de l'empathie pour
vous.

À ces mots, la jeune fille se raidit et baissa
les yeux. Elle voulut lui dire la même chose, mais
elle se sentait si maladroite. Comment confier au
seul interlocuteur que vous ayez au monde que
vous éprouvez quelque chose pour lui ? Et ce
quelque chose, c'était quoi ? Comment le définir ?
Était-ce de l'empathie ? Coraline se renfrogna. Si
elle aimait le sens du mot, elle n'en appréciait
guère la prosodie.

— Le docteur Zigboon me dit souvent avoir

75

de l'empathie pour moi. Parfois, quand on m'a donné trop de médicaments et que mon corps semble insensibilisé, il me touche la joue et me caresse les cheveux. Je déteste cela et il ne peut pas ne pas le savoir. Je crie et je grogne toujours dans ces moments-là.

— Ce n'est pas de l'empathie, Coraline. J'ai cru remarquer qu'il était subjugué par vos attraits, mais cela ne veut pas dire qu'il cherche à vous comprendre, ni qu'il éprouve quoi que ce soit pour vous.

— Souvent, poursuivit la jeune fille qui ressentait le besoin de s'épancher, il m'arrive de m'endormir de fatigue, après une séance d'emmaillotage. À mon réveil, ce sont ses yeux bovins que je vois se poser sur moi, c'est sa voix doucereuse que j'entends me chuchoter : « Réveille-toi, ma belle Ondine ! »

— Ah, je comprends maintenant pourquoi vous avez tiqué quand je vous ai comparé à une ondine. Pourtant, vous en avez l'allure. Ne permettez pas à ce sombre personnage de souiller un aussi beau mot ! Vous savez, à bien des égards, vous ressemblez à un membre du petit peuple, comme si vous aviez déjà séjourné chez nous. Supposons que cela soit vraiment le cas ; si vous aviez le choix, quel élément choisiriez-vous : l'eau, le feu, la terre ou l'air ?

— L'eau, répondit-elle sans hésiter. La mer m'apaise. J'aime la savoir toute proche. Quand mon esprit déambule, je vais au bord de l'eau et je m'imagine plonger et nager avec abandon, aussi longtemps que je le souhaite. Je suis alors en paix. C'est un sentiment merveilleux.

La jeune fille ferma les yeux comme pour mieux apprécier le moment. Sa joie chamarrait son aura d'un bleu intense. Le lutin l'observait, le sourire aux lèvres, en retenant presque sa respiration de peur de rompre le charme : elle était tellement belle !

— Une ondine, je m'en doutais bien, dit Tom après un instant. Maintenant, on sait ce que le bleu signifie pour vous : le bien-être, la paix, l'allégresse. Cette couleur a aussi une tonalité que j'ai perçue et confondue avec un appel volontaire. Si vous arrivez à maintenir cet état, je suis d'avis que vous n'aurez aucun mal à traverser le Portail pour venir chez moi, en terre d'Arwan.

— Vous voulez que je vienne avec vous ? demanda-t-elle, une note d'espoir dans la voix.

— J'ai retourné le problème plusieurs fois dans ma tête et je ne vois pas d'autre solution. Ici, vous n'avez pas d'amis et j'ai appris que vous ne pouvez plus compter sur votre famille...

— Vous savez, je ne leur en veux pas. J'ai encore des souvenirs de ma mère pleurant dans la cuisine, après mes accès de violence. Je voulais désespérément lui dire que je l'aimais et que j'étais bien là, présente à sa souffrance. En vain. Ce corps que je n'arrive à habiter complètement est comme un membre mort que je traîne.

— Chez nous, ce sera plus facile.

— Vraiment ? Vous en êtes sûr ?

— Oui car si un humain vient séjourner en Faërie pendant un assez long laps de temps, son corps finit par se métamorphoser et devenir semblable à celui d'un élémentaire. En fonction de ses affinités et aspirations, il deviendra un lutin, un elfe, une salamandre ou encore un ondin. Aussi, si vous acceptiez de venir chez nous, vous n'auriez plus à vous préoccuper de votre corps originel, car il s'éthériserait et votre âme arriverait facilement à s'intégrer dans votre nouveau corps. Ce serait un peu comme une deuxième naissance. Et si, vraiment, il doit rester une difficulté, nous avons toujours des Sages qui pourront vous aider.

La jeune fille avait les yeux qui brillaient d'exaltation. Depuis l'arrivée de Tom dans sa vie, elle s'était prise à rêver, sans trop y croire, qu'elle pourrait enfin quitter sa prison. Une crainte soudaine, toutefois, assombrit son visage.

— Que se passerait-il alors pour moi ? Quel type d'élémentaire serais-je ?

— Sans doute une ondine, une jeune fille de l'eau, soupira le lutin.

— Mais moi, je voudrais être comme vous, une lu..., enfin une lu...

— Une lupronne, c'est ce que vous voulez dire ? Oui, moi aussi, j'aimerais que vous en deveniez une, ce serait plus commode. Pour moi, en tout cas.

— Comment cela ?

— Mon élément, c'est la terre. Je vis avec les lutins roses et je fréquente les autres lutins, ainsi que les tomtes, les gnomes, les nains et bien d'autres. Si votre élément est l'eau, vous vivriez avec les ondines, les nymphes et les sirènes.

— Nous serions donc séparés ? demanda tristement la jeune fille.

— Pas complètement, pas irrévocablement. Nous nous verrions mais nous ne pourrions vivre ensemble.

— Alors, je ne veux pas être une fille de l'eau. Je préfèrerais devenir une lupronne.

— On verra bien, se contenta de dire le lutin. En attendant, nous avons un autre problème plus pressant à régler : il nous faut trouver un moyen de vous faire sortir d'ici et vite.

— Vite ? Évidemment, je veux partir d'ici, mais si notre plan d'évasion prend quelques jours ou quelques semaines, au point où j'en suis, je peux patienter encore un peu.

— Pas moi. Nous devons faire en sorte d'aller vite, car plus je reste ici et plus mon corps se densifie. Si je n'y prenais garde, je risquerais de devenir humain et les portes de Faërie me seraient fermées à jamais. Pouvez-vous concevoir un jumeau parfait du docteur Zigboon, déambulant dans un monde qu'il ne comprend pas encore très bien (s'il le comprend jamais un jour) ? On m'enfermerait comme vous, dit-il en frissonnant. En outre, je n'ai pas envie de le faire dormir trop longtemps chez lui pour l'empêcher de venir ici. Je ne connais pas les conséquences, à long terme, du sommeil induit sur les humains.

— Ah, c'est ce qui lui est arrivé ! Je ne vous avais pas demandé. Comment faites-vous cela ?

— Nous parlons directement à la conscience d'un être vivant et nous lui commandons de dormir. Nous pouvons aussi l'hypnotiser pour qu'il fasse quelques tâches, machinalement. Cela marche plus facilement avec ceux dont l'esprit est constamment submergé par des pensées importunes : ceux qui ressassent le passé et rêvent le futur. Cela fonctionne moins bien avec ceux qui arrivent quand même à se focaliser sur le présent.

— Pas étonnant que cela ait marché avec le docteur Zigboon, dit la jeune fille avec un sourire. Il a les plus curieuses pensées. Mais, ajouta-t-elle après un instant, est-ce mal de faire ça ?

— Pas aussi mal que de vous maintenir ici contre votre gré ! Les élémentaires n'ont pas la même conception du Bien et du Mal que les humains : cette dualité n'est pas aussi tranchée dans le monde de Faërie. Nous agissons seulement en fonction de ce qui est juste pour nous. Tout le monde ou presque, ici-bas, s'imagine que les fées sont fondamentalement bienfaisantes, mais essayez donc d'ennuyer une fée des plantes quand elle s'occupe de la poussée d'une rose et vous verrez bien ce qui vous arrive ! Heureusement, les lutins sont beaucoup moins

80

susceptibles... Bref, plutôt que de faire le Bien ou le Mal, nous préférons agir du mieux possible. Quand nous faisons quelque chose, nous nous disons que, comparé à toutes les autres actions possibles, notre choix fut le meilleur. C'est ainsi que j'ai agi, en utilisant certes le docteur Zigboon dans le but de vous revoir et, j'espère, de vous aider.

— Vous n'êtes pas le seul *méchant* dans cette histoire, dit malicieusement Coraline. C'est moi qui vous ai soufflé l'idée de créer un double de ce docteur.

— C'est vrai et je comprends pourquoi, mais cela ne fait pas de nous des *méchants*.

— Les contes que j'ai pu lire à la bibliothèque (parce que je sais et j'aime lire, contrairement à ce qu'*ils* disent) ne vont pas dans votre sens. Le Bien et le Mal y sont clairement définis et les héros se doivent toujours de faire le Bien, quoique cela leur en coûte.

— Le Bien et le Mal, dit gravement le lutin, sont des absolus que vous tentez, en vain, de personnifier dans un monde limité, alors que les représentations que vous vous inventez de ces valeurs ne sont qu'une interprétation parmi d'autres. Par exemple, vous considérez votre représentation de Cendrillon comme absolument bonne. Pourtant, d'un autre côté, cette jeune héroïne manque totalement l'occasion de montrer à ses demi-sœurs qu'elles lui font du mal. Comme elle ne se rebelle pas, comme elle ne se rebiffe pas, elle les conforte dans l'idée qu'elles ont raison d'agir comme elles le font.

— Vous me surprenez beaucoup, dit Coraline. Je ne voyais pas les choses ainsi. Quand, plus jeune, je lisais les histoires de Blanche-Neige, Cendrillon ou même Belle, je me sentais coupable de ne pas réussir à leur ressembler, car contrairement à elles, dès que j'ai l'occasion de mordre ou de frapper un de mes soi-disant thérapeutes, je ne me gêne pas pour le faire. La seule chose qui peut éventuellement m'en empêcher, ce n'est pas l'idée que je commets un acte répréhensible, mais plutôt celle qu'on va alors, en punition, m'attacher à mon lit et me faire ingurgiter plus de médicaments. Aussi, vous voyez, avec une telle moralité imprégnée au plus profond de moi, je ne pouvais me voir que telle une méchante petite fille, grimée par l'impertinence. C'est également l'image que me renvoyaient, sans arrêt, les soignants ici.

La jeune fille se tut brutalement en fermant les yeux. Elle devinait la colère, la rage bouillir en elle, comme à chaque fois qu'elle eut à vivre pareille expérience. Le lutin lui prit ses longues et fines mains éthérées dans les siennes, qui étaient menues, et les serra fort, tentant par ce simple contact de lui transmettre un semblant de réconfort. Coraline s'apaisa peu à peu.

— Vous n'avez pas à vous sentir coupable, dit Tom. Il n'existe pas non plus de moralité absolue. Les enseignements des contes ne sont pas forcément intemporels ; ils ne sont que le reflet de la société qui les a produits.

— Alors vous connaissez *tous* nos contes ?

— Bien sûr ! Nous participons même à leur élaboration – indirectement. C'est là l'activité principale des lutins roses : nous observons pour mieux rapporter. Nous sommes un peu comme les ingrédients d'une recette que nous vous laissons libres d'utiliser, à votre convenance, afin de tisser les histoires qui vous plaisent. Aussi, vos contes, anciens et nouveaux, nous sont familiers. À la saison vermeille, qui est notre saison chaude de repos, nous aimons nous les raconter, sans jamais nous lasser, par les soirs embaumés, à la lueur de sémillantes lucioles de toute beauté. Nous en apprenons tant sur vous en les écoutant, en les partageant...

— Qu'il me tarde d'assister à de telles scènes ! dit la jeune fille avec fougue.

— Vous en êtes bien sûre ? demanda l'élémentaire, un doute soudain dans la voix. Pardon si je vous offense, mais je dois vous prévenir d'une chose : il est des humains qui, amoureux d'une élémentaire, sont venus jusque chez nous, dans la ferme intention d'y vivre heureux. Cela aurait pu être le sujet d'un beau conte. Malheureusement, ces humains sont devenus fous, car ils n'ont pas supporté la lenteur de notre mode de vie ni sa sérénité. Trop habitués aux drames, aux constants hauts et bas qui rythmaient leur existence, ils n'étaient pas prêts à en changer.

— Je suis différente, affirma Coraline, car

83

je ne connais ni votre rythme de vie ni celui des humains typiques. Quelque chose que je n'ai pas connu ne peut me manquer et ce qui m'est détestable ne me manquera pas.

Tom décocha un franc sourire à la jeune fille. Tous deux avaient encore leurs mains enlacées, comme si c'était la chose la plus naturelle au monde. Pourtant, ils ne se connaissaient que depuis deux jours, deux journées mouvementées où l'inattendu avait profondément bousculé leurs habitudes et changé leur vie à jamais. Ils se regardaient avec tant de tendresse que Coraline osa toucher, du bout des doigts, très délicatement, la joue du lutin. Elle était lisse, comme celle d'un jeune garçon. Toutefois, la jeune fille avait l'intuition que Tompym, avec ses yeux verts pleins de malice et ses cheveux ébouriffés, était bien plus vieux qu'il n'en avait l'air. Pour elle, il était si avenant qu'elle se surprit à vouloir embrasser une des mèches folles qui dépassait de son bonnet, elle qui n'avait jamais embrassé qui que ce fût auparavant.

— M'aimes-tu ? s'enquit la jeune fille, à brûle-pourpoint. Tu parlais d'amour entre des humains et des élémentaires, alors... J'imagine que c'est possible.

Le soudain tutoiement ne déconcerta pas le lutin qui hocha la tête sans hésitation, sans arrière-pensée, sans rougir.

— Je craignais de te le demander et je ne te l'entendais pas le penser.

— Je n'ai pas besoin de le penser ; je le vis,

expliqua Tom. L'amour est plus spontané chez les élémentaires. C'est un lien que nous ressentons, que nous vivons tout simplement. Ici, ce lien est soumis à rude épreuve : il se fait, il se défait et cela demande des efforts pour le maintenir. On dirait un peu des montagnes russes, ajouta-t-il avec un petit rire.

— Des montagnes russes ?

— C'est un manège, quelque chose que les humains ont inventé pour se distraire.

— Oui, je sais. Désolée, j'ai tendance à répéter mentalement certains mots que j'entends. Du moins, j'avais tendance. Cela faisait longtemps que cela ne m'était pas arrivé. Je ne suis donc pas aussi mutique qu'ils tendent à le croire, dit-elle avec un sourire en coin. Pour en revenir aux montagnes russes, je les ai déjà vues en photos. Cela me ferait peur de monter dessus. Je préfère, de loin, la tranquillité dont tu me parles. Ici, ils présument que l'anxiété est un état normal chez moi, même intrinsèque. Cela ne leur vient pas à l'idée que c'est ce qu'ils me font subir qui accentue mon anxiété.

— Ne songe plus à eux, ma belle Ondine. Non, s'il te plaît, ne t'alarme pas, laisse-moi t'appeler Ondine, cela te va si bien. Le docteur Zigboon aime, sans doute, la douce consonance de ce mot, mais il n'en comprend pas tout le pouvoir. Pour ma part, je vois ton aura bleuir intensément quand je te compare à une ondine. Ce nom, c'est un cadeau que je t'offre à chaque fois que je le pense. Beaucoup de choses sont physiquement visibles pour ceux qui peuvent les voir. Vois-tu le lien qui nous lie ?

Une sorte de filament d'un blanc argenté unissait les cœurs de Tom et de Coraline.

— Oui, dit Coraline, surprise. C'est extraordinaire. Jamais je n'avais vu une telle chose !

— C'est la matérialisation physique de notre amour, une sorte d'énergie qui nous nourrit. Nous le constituons quand nous reconnaissons dans l'Autre une autre partie de nous-mêmes. Quoi que nous fassions, nous sommes et resterons unis.

Coraline, fascinée, touchait le filament, passait ses doigts au travers en riant, et plus elle riait, plus la couleur du lien s'intensifiait.

— Personne ici ne peut le voir ? demanda la jeune fille.

— Non, à moins de pouvoir, comme nous, se décorporer. Ce lien est comparable aux lignes énergétiques qui quadrillent les mondes et nous permettent, à nous lutins roses, de voyager. Vois-tu, à chaque intersection existe une porte interdimensionnelle qui donne sur une sorte de plateforme, nommée le Portail, et celle-ci nous mène à une infinité de réalités différentes. Il n'y en a pas autour de cet institut. La plus proche se trouve au milieu d'un parc, à quelques lieux d'ici.

— Tu peux voyager partout, comme ça ?

— Non. Tout dépend de... Comment dire ? De mon degré d'évolution. Je ne peux visiter que les mondes des êtres aussi ou moins évolués que moi.

— Ces portes, elles nous sont invisibles aussi ?

— Oui. Toutefois, certains de vos ancêtres qui croyaient en notre existence pouvaient les percevoir et ils ont souvent marqué leur présence à l'aide d'une pierre levée, par exemple, ou en plantant un arbre.

— Et ces humains, pouvaient-ils les emprunter seuls, sans l'aide des élémentaires ?

— Pour un petit nombre, oui, mais la plupart était accompagnée d'un membre du petit peuple. C'est ce que nous ferons.

— Est-ce que je rencontrerai d'autres humains chez toi, des humains qui ne sont pas devenus fous ?

— C'est possible, mais dans ce cas, ils sont devenus comme nous. Ils se sont transformés.

— Tu en connais ?

— Non, pas personnellement. Tu sais, Faërie est immense. Je vis, pour ma part, dans le pays d'Arwan, le pays des lutins roses et je n'ai pas souvenir qu'un humain soit tombé amoureux de l'un des nôtres. En revanche, il existe des histoires d'amour unissant des elfes et des humains. Les lutins, hélas, n'ont pas la beauté des elfes ou des fées, mais nous avons plus d'humour qu'eux.

— Tu es parfait. Je suis sûre qu'un elfe ne me

plairait davantage. Tu ressembles tout à fait aux farfadets des livres de mon enfance, avec ton bonnet et tes habits aux couleurs de l'automne, ton nez et tes oreilles pointus, ta mine espiègle et ton regard pétillant. Tu es la personnification même d'un beau jeune homme en miniature, pour moi.

— Tu me vois avec des yeux d'enfants. « Beau » n'est pas la caractéristique que l'on nous prête d'habitude. « Elégant », à la rigueur, et « amusant » nous correspondent plus. Chez nous, tu me verras tel que je suis vraiment. J'espère ne pas te décevoir.

— Cela ne me fait pas peur. J'ai hâte de te suivre !

— Dans ce cas, il nous faut prévoir ton départ. Quel serait le moment le plus facile pour toi ? Le soir ?

Coraline réfléchit un instant. Elle était tentée de dire oui, car dans les livres d'aventure qu'elle avait lus, les évasions se passaient en général la nuit.

— Non, dit-elle. La nuit, il y a je ne sais combien de gardiens qui circulent à l'intérieur et à l'extérieur, plus qu'en journée : les âmanalystes craignent tellement qu'on fasse des bêtises ! En plus, on ne connaît pas leur plan de circulation, s'il y en a seulement un. On pourrait tomber sur l'un d'entre eux et tu aurais du mal à expliquer notre présence, ici, en pleine nuit.

— Très bien. Alors, à quel moment ?

— En début d'après-midi. Les patients mangent avec leurs accompagnateurs une heure avant les médecins. Ces derniers seront, pour la majorité, au réfectoire vers 13 heures. Et puis il y a aussi ceux qui sortent déjeuner, ce qui est le cas du docteur Zigboon. Si l'on devait donc tomber sur une personne qui s'étonne de te trouver encore ici à cette heure, peut-être pourrais-tu dire que tu manges dans ton bureau ?

— Tu n'es pas à court d'idées, à ce que je vois.

— Si tu étais resté enfermé aussi longtemps que moi, tu en aurais ruminé des plans d'évasion, je te le garantis !

Il était difficile pour Tompym d'imaginer une telle chose sans éprouver une profonde tristesse tant les élémentaires ressentaient leurs émotions avec force.

— Je te crois, dit Tom sur un ton chagriné. Et ensuite, que proposes-tu de faire ? Sais-tu par où on peut passer sans se faire remarquer ?

— Par une issue de secours. On pourra prendre le couloir rose, celui où se trouve ma chambre, aller tout au bout et descendre un escalier de secours. Il nous faudra juste guetter les activités de Clarisse qui nettoie d'abord le couloir bleu des hommes. Après, dehors, il nous faudra également faire attention à ne pas nous faire voir de quiconque.

— D'accord, dit Tom. Je récapitule : 13 heures, couloir rose, issue de secours. Au fait, où est-ce que je te retrouve ?

— Devant la baie vitrée du lobby. On m'y laisse, en général, après manger. Il y aura une personne, à l'accueil, qui me surveille du coin de l'œil, mais on pourra inventer quelque chose pour lui donner le change, n'est-ce pas ? Alors, quand partons-nous ?

— Demain, déclara Tom. Cet après-midi, j'aurais besoin de retourner au Portail, seul, pour reprendre des forces en perspective de notre prochain départ. Je me suis beaucoup dépensé aujourd'hui, plus que je ne l'aurais voulu et je suis épuisé. Or, je n'ose traverser une porte avec toi dans un tel état. Je ne sais, en effet, si le passage sera aisé pour toi. Tout dépendra de tes pensées, de tes émotions. Aussi, je vais essayer de me faire le plus léger possible afin de ne pas contribuer à t'alourdir, le cas échéant.

— Si j'ai bien compris, les émotions de colère et de tristesse nous alourdissent, tandis que la joie et la sérénité nous élèvent.

— C'est bien ça.

— Alors, nous avons un autre problème : moi.

— Que veux-tu dire ?

— Je ne peux te garantir que mon corps sera tranquille. Peut-être me débattrais-je ? Et puis, tu as dit que la porte n'était pas à proximité. Comment comptes-tu m'yemmener ?

— Je n'y ai pas vraiment réfléchi. Je pensais au bus.

— Ce n'est pas une bonne idée. J'ai déjà vu des bus, mais je n'en ai jamais pris. Il y a

90

souvent bien trop de monde, bien trop de bruit. Je ne peux prédire ce que sera ma réaction.

— Alors, je ne vois qu'une solution, dit Tom après un moment de réflexion : t'endormir et te porter.

— Tu me porterais tout le long ?

— Oh oui ! Ce n'est pas une difficulté pour un lutin. On peut transporter jusque cent fois notre poids.

— Très bien, alors. Demain. 13 heures. C'est décidé.

Chapitre 6
Le Deva de la Terre

Une personne poussa soudain la porte et lâchant ses affaires, se précipita vers le docteur Zigboon pour prendre son pouls. Aussitôt, Tom réintégra son véhicule de chair, avec une facilité déconcertante. Coraline qui, elle, n'avait pas bougé se lamenta de ne pouvoir faire de même avec son propre corps. À chaque fois qu'elle avait tenté l'expérience, cela avait généré ce que les âmanalystes appelaient une crise, un violent trouble du comportement. Comme les choses auraient été différentes, pour elle, si tel n'avait été le cas ! D'un autre côté, songea-t-elle dans un soupir, peut-être n'aurait-elle jamais rencontré son cher Tompym sous sa véritable apparence ? L'existence nous propose un éventail de voies exclusives les unes des autres.

— J'ai eu peur, mon vieux, dit Bruno, l'homme de l'ascenseur. Tu ne bougeais plus et tes yeux étaient grands ouverts. Ne me fais plus jamais ça !

— Je m'étais juste endormi, rien de grave, improvisa Tom.

— Oui, cela nous arrive à tous avec nos patients, mais là, tu avais l'air cadavérique !

— Comment cela ?

— Ben, hormis tes yeux ouverts, tu étais blanc comme un linge et on aurait dit que tu ne respirais pas.

— Vraiment ? Alors, cela veut dire qu'il est vraiment temps que je m'absente. Promis, je serai de retour demain.

— Demain ? répéta Bruno qui n'avait pas compris que ce n'était pas à lui que son confrère s'adressait. Mais, tes autres patients ? Tu as visiblement repris des couleurs. Tu sembles aller mieux, non ? Après tout, si tu ne faisais que dormir...

— Non, non, il faut que je m'en aille, mon... vieux, dit Tom qui ignorait le prénom de l'ami de son avatar. Veux-tu bien m'excuser ? Et surtout, veux-tu bien amener Coraline à... euh...

— À son accompagnatrice, dit la jeune fille télépathiquement. Je vais à une séance de musicothérapie, à présent.

— En musicothérapie ? reprit Tom.

— Oui, si tu veux, répondit Bruno avec lassitude. Je ne sais pourquoi tu as tant insisté pour introduire de telles séances. Elles ne sont pas bien vues par tous, je te préviens. Fais bien attention, tu risquerais de perdre le dossier de Coraline Hayer, c'est d'ailleurs pour ça que je venais te voir. Rappelle-toi, rien ne vaut l'âmanalyse !

— Oui, oui. Merci du conseil et à demain, dit-il en jetant un dernier regard à Coraline.

95

Tom aurait voulu terminer par des mots plus tendres à l'adresse de sa douce amie, mais il craignait d'éveiller davantage les soupçons, déjà bien aiguisés, de son curieux confrère. Ce dernier s'apprêta à ramasser sa sacoche et ses dossiers, étalés sur le sol, quand il distingua une voix aux notes cristallines dire « Au revoir ! » sur un ton hésitant. De surprise, il en tomba à terre. Coraline n'était pas moins stupéfaite que lui d'entendre ces mots sortir de sa bouche. Elle tourna la tête vers l'âmanalyste et s'aperçut qu'elle parvenait à le voir avec ses yeux de chair. Elle ne ressentait nulle angoisse, nulle nervosité. Elle s'enserra ensuite lentement la tête entre les mains, comme pour s'assurer que sa conscience était bien là. D'excitation, son cœur battait la chamade. C'était une sensation si délicieuse que la jeune fille, convulsivement, partit d'un rire tapageur que Bruno ne comprit pas. L'homme commençait à prendre peur. Il voulut appeler à l'aide, mais aucun son ne s'échappa de sa bouche. Il ne pouvait qu'observer, paralysé, impuissant, la jeune patiente se lever tranquillement et se diriger vers la porte. Avant de partir, toutefois, elle se retourna et, accrochant le regard du médecin, dit d'une voix plus sûre : « Je vais à ma séance de musicothérapie, seule, docteur Beheim. » Bien après son départ, Bruno sortit en trombe du bureau de son confrère ; il avait l'envie impérieuse de relater son expérience à quelqu'un pour savoir s'il venait de rêver ou s'il devenait fou. Ce quelqu'un prit plusieurs formes. Il se présenta, tout d'abord, sous les traits de madame Stounetrol qui n'avait pas vu Coraline passer devant elle – ce qui ne voulait pas dire qu'elle ne l'avait pas fait, bien qu'elle en doutât fortement tant il était vrai que la jeune fille avait besoin de guidance, physique et psychique. Puis, l'âmanalyste tomba sur un de ses pairs qui, d'une même voix avec madame Stounetrol, ne le crut point. « Tu as dû faire un rêve éveillé, mon cher. Cette fille ne parlera jamais, c'est tout à fait impossible ! » S'ensuivirent deux ou trois avis similaires qui poussèrent le docteur Beheim à bientôt cesser de s'interroger. Il y eut bien un quatrième confrère qui lui conseilla timidement d'aller peut-être demander l'opinion du musicothérapeute, mais, là, le médecin se sentit carrément insulté. Depuis quand un tribun cultivé consultait-il la plèbe ?

Tom avait, entre-temps, pris le bus pour se rendre au parc de la ville. Il aurait été, à vrai dire, prudent de faire un détour par l'appartement du docteur Zigboon afin de s'assurer que les besoins de ce dernier étaient comblés et qu'il continuait, bien sûr, à dormir du sommeil du juste. Mais le lutin n'en avait plus le temps. Ah, le temps : voilà bien une mesure controversée ! Si rapide dans le monde des Hommes et si lent chez lui ! Heureusement, il n'avait pas à lambiner. Un simple aller-retour suffisait pour éthériser, à nouveau, son corps originel. Il en avait tellement besoin ! Aussi, c'est avec soulagement qu'il entrevit le Portail, auréolé des lumières aux tons arc-en-ciel qu'il connaissait si bien. Il ferma les yeux, poussa un soupir et pensa juste s'asseoir un instant avant de repartir quand il sentit une figure familière s'avancer vers lui.

— Que fais-tu là, Thrysallis ? demanda Tom.

— J'attendais ton retour, déclara la jeune lupronne.

— Ton aura est troublée. Que se passe-t-il ?

— Des émotions, étranges et nouvelles, m'ont traversée depuis ton départ inexpliqué. Un peu comme si ton récent voyage avait eu des répercussions sur notre lien. Ce que j'ai ressenti n'était pas en accord avec mon humeur habituelle.

— Pourtant, fit Tom, notre lien est toujours là. Je le sens aussi fort qu'avant et...

— Quelque chose a changé. Sa couleur n'est plus la même.

— C'est vrai. Néanmoins, interroge ton cœur. Tu m'y trouveras encore. Nous sommes toujours attachés l'un à l'autre.

— Pourquoi, dans ce cas, ne me proposes-tu pas que l'on fleurisse un cercle de pierre ensemble pour marquer notre union ?

— Parce qu'il n'en a jamais été question. J'ai l'intention de le proposer à une fille de l'eau.

— Une fille de l'eau ? Tu es fou ? Aurais-tu bu un filtre ?

— Non. Je suis tout à fait moi-même. J'ai toujours senti que quelqu'un m'attendait ailleurs. Je l'ai rencontrée. Notre lien est créé. C'est chose faite.

La jeune lupronne laissa éclater sa détresse, sans honte, sans demi-mesure. Progressivement, son aura s'assombrissait sans que Tom pût l'empêcher. Lui-même était triste, mais il n'avait plus rien à dire et les élémentaires ne s'encombrent pas de mots inutiles. Il lui tint toutefois la main jusqu'à ce qu'elle séchât ses larmes. Puis, Thrysallis, le corps encore secoué de sanglots, fit mine de partir sans pour autant lâcher la main de son ami. Ce dernier lui jeta un regard surpris.

— Tu es attendu, dit-elle simplement.

— Par qui ?

— Ce que tu as fait ne plaît pas à tout le monde.

— Que sais-tu de ce que j'ai fait ?

— Baldriss a croisé ta route en rentrant de voyage.

— Pas sous l'aspect d'un humain ?

— Non, bien sûr. Il préfère toujours les oiseaux. Quoi qu'il en soit, il t'a entendu, il t'a vu t'ingérer dans la vie des Hommes, mais tu étais assurément trop occupé à succomber à des émotions extrêmes et délétères – des émotions humaines – pour remarquer sa présence. Tu as trahi notre règle, Tompym.

— Parce que je ne me suis pas contenté

d'être un spectateur ?

— Tu le sais. Maintenant, tu dois en répondre.

— Qui veut me voir ? Le conseil des sept ? Ou alors es-tu carrément allée voir la Fée Bleue ? L'aura de Tom prenait des teintes d'un rouge sombre.

— Non, non, pas eux évidemment ! Pour qui nous prends-tu ? Baldriss et moi sommes juste allés voir le Deva de la Terre.

— Ah ! souffla Tom. Tu n'aurais pas dû, mais je le verrai quand même. Pourvu que cela ne nous prenne pas trop de temps.

Tompym suivit donc Thrysallis et tous deux traversèrent la porte qui ouvrait sur leur monde. La quiétude du lieu leur permit, pour l'heure, d'assainir quelque peu leurs émotions troublées. Le lutin s'extasiait toujours devant le paysage vallonné qui l'accueillait avec bienveillance, bordé de lacs et d'étangs, surplombé par un ciel mauve teinté de rose. Il n'était plus fâché et ce fut, sur un ton placide, qu'il demanda à son amie où il devait se rendre. « À la pierre levée de la futaie des chênes », dit la jeune fille qui prenait la direction opposée.

— Tu ne viens pas avec moi ?

— Non, fit la lupronne. Vois, j'ai perdu ma couleur ; je me suis affaiblie. Je vais panser mes maux à la grotte des cristaux. Adieu, Tompym. Je te souhaite de retrouver ta joie. Sois heureux. Même avec elle, si c'est possible.

100

Tom regarda Thrysallis s'éloigner. Sa lumière, toujours si forte et si vive auparavant, vacillait et son aura était couverte de tâches grises. Or, le lutin ne l'avait pas pressenti. Avait-il été aveugle ? Était-ce son amour pour Coraline qui en était responsable ? Le cœur soudainement bien lourd, il poursuivit sa route.

En chemin, Tom vit les naïades et les fenettes batifoler dans les eaux limpides du lac émeraude, une vaste étendue d'eau qui se trouvait à la frontière entre Néréa, le monde des ondins et Arwan. Le lutin s'attarda, un instant, sur la plage pour les admirer de loin avant de gagner les bois. Leur rire, extrêmement communicatif, le fit sourire et il songea à sa douce amie qui les rejoindrait bientôt. L'oublierait-elle, alors, au milieu de ses nouvelles compagnes de jeu ? Au moins, ici, il avait la possibilité de venir la voir souvent. Mais, si d'aventure elle se décidait à vivre avec les sirènes de l'océan, son avenir avec elle devenait compromis. Ah, il aurait été vraisemblablement plus simple de s'unir à Thrysallis !

— Pourtant, tu ne souhaites pas cette union, dit une voix, chaude et douce, qui semblait se réverbérer, d'arbre en arbre, tout autour de lui.

— Non, il est vrai, dit Tom qui ne savait pas encore à qui il s'adressait.

— Ne sois pas surpris, reprit la voix. Te sentant proche, je suis venu à toi. Je suis le Deva de la Terre. Je reconnais ton aura même si, pour toi, c'est la première fois que l'on se rencontre.

Tom vit alors distinctement une boule de lumière se dessiner devant lui. Il plissa les yeux et sembla discerner une silhouette à l'intérieur.

— Nous ne sommes pas de la même dimension, tu le sais et tu ne pourras pas mieux me voir que les humains ne peuvent encore voir les élémentaires. Toutefois, j'entends très bien les demandes formulées par des cœurs sincères. Baldriss et Thrysallis étaient inquiets pour toi.

— Ce sont mes amis. Il semblerait que je les ai trahis, même si je n'en avais pas l'intention.

— Tu n'es pas responsable de leur réaction. Ils ont réagi comme ils le souhaitaient.

— Alors, pourquoi est-ce que je me sens si mal ?

— Donne-toi le temps d'apprécier ton retour et tu retrouveras ta sérénité. Tu es resté longtemps dans le monde des Hommes et, surtout, tu t'es immiscé dans leur quotidien. Il est normal que tu en portes des séquelles.

— Serais-je méjugé pour cela ? demanda Tom.

— Pas par moi. Tu as fait un choix et cela t'a changé. Or, la vie est changement.

— Oui, mais j'ai enfreint notre règle, j'ai commis une faute ! Je suis sûr que le conseil ne serait pas aussi indulgent.

— J'ai entendu un humain dire une fois : « Pour comprendre un système, il faut s'en extraire. » C'est peut-être une idée baroque mais c'est judicieux. Tout à fait judicieux. Malheureusement, peu d'humains osent franchir le pas. Sais-tu pourquoi ?

— Parce qu'ils ont peur ?

— Ah, tu les comprends mieux.

— Je le pense, oui.

— Et, pourquoi donc ? demanda le Deva.

— Parce que je peux mieux ressentir leurs émotions, maintenant.

— C'est ta relation avec Coraline qui te donne davantage d'empathie, davantage d'amour. « Pour comprendre un système, il faut s'en extraire. » C'est aussi vrai pour le petit peuple. Alors, comment aurais-tu pu commettre une faute puisque ce que tu as fait t'a permis de grandir ? Les humains s'embarrassent souvent d'une idée qu'ils se font de la moralité et les élémentaires s'embarrassent de règles rigides. Suivre les règles sans les comprendre ne nous fait pas grandir.

— Mais, en intervenant dans la vie des humains, j'ai quand même empiété sur le libre arbitre de l'un d'entre eux.

— Oui, c'est vrai. Tu as fait un choix, ni bon ni mauvais, qui t'a poussé à manipuler une personne. Celle-ci en avait fait autant à Coraline et à bien d'autres. À travers l'expérience que tu lui as fait subir, elle aura elle-même un choix à faire : réagir négativement ou alors grandir en changeant son point de vue. Si elle ne souhaite pas évoluer pour le moment, elle évoluera plus tard. Est-elle, pour autant, foncièrement mauvaise ? Es-tu toi-même foncièrement mauvais ?

— Je me pose des questions d'humains, n'est-ce pas ? murmura Tom qui souriait à l'idée de voir sa connexion à Coraline se renforcer.

— Effectivement, un élémentaire typique ne se préoccuperait pas tant du sort de la personne qu'elle aurait manipulée. Tu vois, tu as changé grâce au rôle que tu as joué. Quelqu'un qui suit les règles sans jamais les remettre en cause sera peut-être heureux – non, je dirais plutôt content, satisfait – mais il ne saura pas pourquoi. Suivre les règles, cela ne veut pas dire les comprendre. Et, il n'y a pas de bonheur véritable sans compréhension, sans conscience. Ta sérénité, une fois retrouvée, sera conscientisée.

— Suis-je alors prêt à passer une étape ? Ai-je évolué ? demanda Tom sur un ton sceptique.

— Oui, si tu le souhaites.

— Je ne suis plus sûr d'en avoir envie. Pour le moment, en tout cas. J'ai plutôt envie de vivre ma relation avec Coraline. Ai-je raison de croire qu'il s'agit d'une fille de l'eau ?

— Tu as toujours été fasciné par les ondines. Je ne suis pas surpris que tu en aies trouvé une à aimer.

— Alors, comment s'est-elle retrouvée dans le monde des Hommes ?

— C'est comme pour tout : c'est un choix qui est à la base de cette incarnation. Malheureusement, l'âme de Coraline a eu du mal à s'adapter à la vie terrestre. Elle a besoin de toi pour que tu l'aides à revenir chez elle.

— C'est où chez elle ? L'océan ?

— C'est où elle veut. Peut-être choisira-t-elle l'apparence d'une fée des eaux douces, une morganés. Vous auriez ainsi la même taille. C'est ce que tu désires, non ?

Tom se contenta de sourire en guise de réponse.

— Il est temps que tu partes, reprit le Deva de la Terre, si tu espères la sauver. Revenez vite ensemble. Tu as déjà passé trop de temps là-bas.

Tom ne se le fit pas dire deux fois. Ses pas, qui avaient retrouvé leur vélocité coutumière et qui semblaient glisser à quelques centimètres du sol, le menèrent vite au Portail.

Chapitre 7
Pour sauver Coraline

Le docteur Zigboon se réveilla en sursaut. Il regarda son réveil : il était dix heures du matin. *Nom de Zeus ! Je suis encore en retard !* Il voulut se diriger vers la salle de bains, mais à peine debout, il chuta comme si ses jambes ne le portaient plus. Elles semblaient ankylosées. Sa bouche était aussi terriblement pâteuse et son esprit embrumé comme s'il avait beaucoup bu la veille. Il ne comprenait pas ce qui se passait. Peu à peu, la mémoire d'un drôle de personnage lui revint. Non, c'était probablement un rêve ou plutôt un cauchemar ; il préférait ne plus s'y attarder. Vu l'heure, il envisagea de prendre la voiture, bien qu'il détestât conduire, plutôt que le bus pour se rendre à l'institut. Il devrait trouver une bonne excuse, cette fois-ci, pour expliquer son retard. Avec un peu de chance, tout de même, il ne manquerait pas sa séance avec Coraline, sa fascinante patiente. La route était heureusement fluide. Arrivé devant le portail, il s'attendait à devoir essuyer, encore une fois, les critiques, narquoises et sous-entendues, des deux gardiens, mais ces derniers se contentèrent de le scruter, les yeux écarquillés, comme si, bizarrement, ils avaient affaire à un fantôme. Puis, l'un d'entre eux dit à son collègue qu'il n'avait pas vu le docteur Zigboon ressortir, ce à quoi celui-ci répondit qu'il n'était pas le seul. Ce fut donc avec un air extrêmement gêné que le premier gardien prévint le médecin de bien vouloir signaler tout départ impromptu, la fois suivante, afin de ne causer de tort à quiconque. Le docteur Zigboon ne comprenait pas ce qu'on lui racontait, mais il estimait qu'il n'avait pas à se justifier devant des subalternes.

— Vous étiez allé chercher votre voiture ? Vous comptez rester tard pour rattraper vos heures ? C'est ça ?

Oui, oui, c'était ça, grommela le médecin qui se promit d'éclaircir cette histoire avec ses confrères. Mais ceux qu'il croisa lui posèrent des questions tout aussi déconcertantes. On lui demanda s'il allait vraiment bien, s'il avait laissé sa patiente seule, pourquoi il avait ressenti le besoin de se promener dans le parc. Nul ne mentionna son retard. On aurait dit qu'il était bien arrivé à l'heure, pour une fois. Souffrait-il alors d'amnésie ? Serait-il rentré chez lui sans même s'en rendre compte ? Non, c'était impossible. Un coup d'œil à sa montre : il était dix heures et demie. Il n'avait finalement pas pris de douche, ni bu un seul café. Il n'aurait eu le temps de venir, repartir, pour se rendormir profondément et revenir en si peu de temps. En outre, il ne pensait pas perdre la raison. Il lui fallait entrevoir une autre possibilité même si celle-ci l'effrayait car elle défiait l'entendement. Il monta au premier étage

108

et passa devant une madame Stounetrol médusée. *Décidément, ma simple présence perturbe beaucoup de monde,* songea-t-il. Il ne s'embarrassa pas à dire bonjour et prit directement le couloir menant à son cabinet. Là, il s'arrêta devant la porte, qui, étrangement, était entrouverte. Il distingua deux voix qui s'entretenaient avec entrain. L'une, douce et cristalline, lui était inconnue. La seconde, réalisa-t-il soudain, paralysé de surprise, était la sienne. Fasciné malgré lui, il écouta.

— J'ai eu si peur que tu t'inquiètes, dit Tom. Je regrette tellement d'avoir manqué notre rendez-vous d'hier !

— Tu es là, c'est ce qui importe, répondit Coraline. Bizarrement, je n'ai pas été affolée quand je ne t'ai pas vu venir hier. Avant, je l'aurais été : je me serais sentie, à la fois, paniquée, trahie et très en colère. Mais là, je me sens tranquille, j'ai confiance. Certes, depuis que j'ai réintégré mon corps, je ne vois plus le lien qui nous lie, mais je le ressens quand même. Je sais qu'il est là. Tout comme je sais que tu es là, camouflé derrière cette figure humaine, même si je ne te vois plus sous tes traits de farfadet farceur.

— Tu étais déracinée, voilà pourquoi tu n'arrivais pas à intégrer ton corps, réalisa le lutin. Dorénavant, nous sommes connectés. Et à travers ce lien, tu es aussi liée aux miens. Si tu choisis finalement de rester ici, ajouta-t-il tristement, tu seras plus forte, tu pourras t'en sortir.

— Tu ne veux plus m'emmener ?

— Oh, si ! soupira Tom. Mais un vrai choix s'offre à toi, un choix que tu n'avais pas avant. Que décides-tu ?

— Je veux toujours te suivre. Je t'aime. Que croyais-tu ?

— Rien. Je ne présupposais rien, dit-il en souriant.

— On part toujours ensemble, alors ?

— Oui, si tu le souhaites vraiment. Veux-tu qu'on prévoie un moment qui...

— Non. Tout de suite. Tu trouveras bien quelque chose à dire à ceux que l'on croisera. Je ne veux plus rester une minute de plus ici.

— Et les gardiens à l'entrée ?

— Ils ne sont pas bien intelligents. Tu pourras me cacher derrière une haie et tu leur diras qu'on a besoin d'eux, d'urgence, dans le bâtiment C, parce que le patient de la chambre 127 s'est échappé. C'est déjà arrivé et ils comprendront : ce sont les seuls à pouvoir le maîtriser physiquement. Prends ton air le plus affolé et ça marchera.

— Très bien, allons-y dans ce cas, ne perdons pas de temps ! dit-il en lui tendant la main.

— Pas comme ça ! Tu dois m'endormir.

— Pourquoi ? Tu peux contrôler tes mouvements. Tu es une humaine comme les autres maintenant, non ?

— Pas tout à fait. Le fait de pouvoir enfin

communiquer verbalement et interagir ne change pas ce que je suis. De plus, personne ici ne veut le voir. Ils agissent de façon encore plus bizarre que d'habitude, comme s'ils ne m'entendaient pas, comme si je n'existais pas. Je me sens différente et je le serai toujours. Je ne peux donc prévoir ma réaction dans un bus, dans la rue, face à une foule ou confrontée à des bruits insolites et insupportables. Je suis restée ici trop longtemps !

— D'accord, ma douce. Je te porterai et je marcherai tout le long.

Le lutin rose prit les mains de la jeune fille de l'eau dans les siennes, la regarda bien dans les yeux et lui demanda de laisser ses pensées vagabonder dans le passé ou le futur. En un instant, Coraline s'affaissa sur le divan et s'endormit. Tom la souleva dans ses bras et s'apprêta à partir quand la porte s'ouvrit grand devant lui, révélant un docteur Zigboon, ébahi et épouvanté.

La surprise était telle que le docteur Zigboon ne sut que dire tout de suite. S'il était une chose d'entendre une voix similaire à la sienne, il en était une autre de se découvrir un jumeau parfait. Or, le médecin faisait apparemment face à son jumeau – le problème étant qu'il était fils unique. Il crut que son cœur allait s'arrêter de battre. C'était ça ou, alors, il était sur le point de s'évanouir. Il dut faire un terrible effort sur lui-même pour se ressaisir et, surtout, pour admettre que ce qui se trouvait devant lui était bien réel.

Toutefois, il avait une motivation de taille : ce jumeau avait l'intention de lui enlever Coraline et ça, il devait s'y opposer à tout prix !

— Je ne sais où vous voulez l'emmener, mais je vous en empêcherai ! affirma le docteur Zigboon.

— Permettez-moi d'en douter, dit Tom avec un sourire.

— Il vous faudra me passer sur le corps ! ajouta le docteur Zigboon.

— S'il le faut.

— Mais, mais... Vous êtes vraiment prêt à vous battre ? Vous me sidérez. Qui êtes-vous, d'abord ? Pourquoi enlevez-vous cette jeune fille ?

— Ce que je suis ne vous dira rien et ce que je veux, c'est ce que vous auriez dû vouloir : sauver Coraline !

— Sauver Coraline ? répéta l'âmanalyste, interdit. Ah, vous êtes le clochard, c'est ça ? Mais comment... ?

— Ce serait trop long à vous expliquer et vous ne comprendriez pas. Je sais que j'aurais dû repasser à votre appartement pour m'assurer que vous dormiez bien et ainsi, vous n'auriez eu nul souvenir de ce qui se serait passé. Je suis désolé pour vous !

— Venir chez moi ? M'endormir sans que je m'en souvienne ? Je ne comprends pas, effectivement, convint le médecin. Il est évident que ce que vous êtes et ce que vous pouvez faire me dépassent. Mais vous êtes injuste quand vous m'accusez de ne pas avoir voulu sauver Coraline. J'ai toujours recherché son bien-être...

— Son bien-être entre quatre murs alors que, depuis des années, elle n'a de cesse de vouloir sortir de cette prison !

— Comment pouvez-vous savoir ce...

— Elle a toujours pu communiquer, mais vous refusiez de le voir ! Et maintenant, elle peut enfin parler et interagir avec le monde des humains, dit Tom avec force.

— C'était bien elle, donc, l'autre voix que j'ai entendue, bredouilla l'âmanalyste. Je n'osais y croire.

— Bien sûr, vous faites comme les autres qui ne veulent pas y croire non plus et qui la traitent encore plus mal qu'avant. La vérité est que vous ne voulez pas que vos patients aillent mieux. Vous entretenez leurs troubles et leur mal-être afin de justifier votre rôle pitoyable et inutile auprès d'eux !

— C'est faux ! Moi, j'ai toujours souhaité qu'elle gagne en autonomie, au moins un peu, et je ferai tout pour l'aider à sortir d'ici.

— Vous ne l'avez pas fait avant, comment vous faire confiance ? De plus, je ne suis pas certain que vous soyez de taille à affronter tous vos confrères qui s'opposeront résolument à vous. Alors, si vous êtes sincère et que vous voulez vraiment le bien-être de Coraline, n'essayez pas de m'empêcher de l'emmener avec moi !

— Où voulez-vous l'emmener ? lui demanda le docteur, les larmes aux yeux. Dites-moi seulement que je la reverrai.

— Dans le pays d'Arwan, en Faërie, maugréa le lutin qui se doutait bien qu'il ne serait pas cru.

— Ce n'est pas réel, ce n'est pas plausible ! Que me racontez-vous là ? Seriez-vous en train de vous moquer de moi ? s'énerva le docteur Zigboon. Vous ne voulez pas que je la revoie, c'est ça ? Pourquoi me dites-vous une chose pareille ? Vous choisissez la fuite alors que, moi, je pourrai l'aider à avancer, à devenir autonome. Laissez-la-moi !

— Non, dit fermement Tom.

Sans réfléchir, le docteur Zigboon répondit à cette injonction en assénant un coup de poing à la mâchoire de son adversaire. Tom, surpris par cet éclat de violence de la part d'un homme qu'il imaginait timoré, déposa, aussi lestement que possible, Coraline sur le divan. Puis, espérant que le combat ne durerait pas, il rendit le coup qu'il avait reçu. Néanmoins, au lieu d'être acculé à se soumettre et à céder le passage à son rival, l'âmanalyste sentit la fureur décupler ses forces. S'il avait eu peur, comme la première fois, Tom aurait eu facilement le dessus. Or, malgré un nez ensanglanté, le docteur Zigboon revint à la charge, encore et encore, masquant la douleur ressentie avec des hurlements de rage. La cacophonie engendrée par cette rixe improvisée attira trois âmanalystes qui entrèrent timidement

114

dans la pièce. Chacun des deux combattants, criant à leur adresse, revendiqua être le vrai docteur Zigboon. « L'autre n'est qu'un sosie et un imposteur ! » protestèrent-ils, tous deux, en chœur. Il était difficile de décider qui était qui. Ils se ressemblaient tellement. Ils avaient le même visage allongé, les mêmes yeux tombants, le même nez concave, le même grain de beauté aux coins des lèvres. Les trois individus n'osèrent intervenir directement. *Si on se trompait en portant secours au mauvais médecin ?* Et il était hors de question de tenter de séparer les deux hommes ! Mieux valait aller chercher de l'aide. Aussi, deux des âmanalystes présents quittèrent le cabinet dans ce dessein en disant à leur confrère, apeuré, de ne laisser sortir personne. Ce dernier était bien à mal de faire quoi que ce fût et il se contenta d'observer la scène en supputant que le vrai docteur Zigboon aurait vite le dessus sur son clone. Le combat allait bon train, mais les deux adversaires se fatiguaient et l'un plus que l'autre. Soudain, le premier tomba à terre, assommé, tandis que le second, sans demander son reste, prit Coraline dans ses bras et dit au spectateur présent qu'il l'emmenait dans sa chambre. Était-ce le bon docteur Zigboon ? Rien, pour le moment, ne pouvait le confirmer. Les deux autres âmanalystes revinrent finalement en force pour découvrir un corps inanimé à terre, examiné par un confrère à l'air déconfit, qui répondit à leur muette interrogation en haussant les épaules.

Coraline était sur le point de se réveiller. Elle avait fait un rêve merveilleux et elle avait hâte de le raconter à son aimé. Toutefois, elle voulut aussi profiter de ce moment de silence, prélude d'un bonheur sans fin, tant elle se sentait bien. Elle ouvrit alors lentement des yeux lourds de sommeil. Sa vision était encore floue, mais subtilement auréolée d'une lueur rosée et elle entendit une voix familière lui murmurer doucement : « Réveille-toi, ma belle Ondine. »

FIN

Remerciements

Merci à Lacoursière Éditions, à William et à Arline pour leur confiance, leur implication et leur investissement.

Merci à Wendy Régis pour ses féeriques illustrations.

Merci à la réalisatrice Sophie Robert pour ses mots justes et touchants.

Merci à Olivier et à nos extraordinaires enfants : vous êtes mes piliers !

Merci à Mamie Framboise et Papi Malin pour leur constante présence dans les moments difficiles et pour la joie qu'ils apportent à leurs petits-enfants.

Merci à ma sœur, Nathalie, à mon frère, Jean-Marc, ainsi qu'à ma mère, Jeannine, pour leurs encouragements.

Merci à mes bêta-lecteurs et amis : Valérie et Luc, Marianne, Élodie, Karine, Gaétan, Baptiste, Stéphane, Magali, Charlotte, Orsolya et Matija.

Merci à mes jeunes lecteurs/lectrices : Mathilde, Ludivine, Margotte, Charlie, Noé, Philémon, Camil, Nemrod, Peter, Lilla, Clément et Florian pour leurs retours enthousiastes. Je n'oublie pas mes filleuls, Élise et Tom, qui j'espère aimeront un jour cette histoire.

Merci à Emma Freya de « La Voie de Calliopé » pour ses conseils avisés.

Je n'oublie pas toutes ces sympathiques personnes qui ont accepté de me lire et de me chroniquer depuis la parution de mon premier conte. Je remercie Yves Montmartin Artisan Écrivain, Martine Lévesque (« Les Mille et une pages LM »), Candice alias Chroni Chroqueuse,

Nathalie Cailteux (« Lire pour guérir »), Émilie (Saiwhisper du blog « Les pages qui tournent »), Sonia et Maëlys (« Sonia Boulimique de Livres »), Isabelle (« Les Lectures de Larsinette »), Aline (« Les Gloses de la Pirate des PAL »), Nadine (« Parole de Nadine »), Corinne (« Co et ses livres »), Caroline (« Caro Magik Books »), Aurore (« Aurore au pays des livres »), Miss Noa (« Entre les lignes de Miss Clochette »), Magali (« Les Bookdreameuses »), Gabrielle (« Chroniques Livresques – GabrielleVisz »), L'accro Liseuse (« La Voie de Calliopé »), Jessica (« Les Dé-lires littéraires de Jessie »), Laura (« Nos petits plaisirs littéraires »), Catherine Mariuzzo (« Les lectures de Calliopé ») et Posi Plume.

Enfin je remercie tous ceux qui auront pris du plaisir à suivre les péripéties de Coraline et de Tom. Il y a encore tant de « Coraline » enfermées dans des institutions obsolètes et, pour certaines (ou beaucoup ?), maltraitantes. Pensons à elles et créons, tous ensemble, dès aujourd'hui en France la société inclusive que l'on nous promet depuis des années.

Céline Dominik-Wicker

**N'hésitez pas à aimer notre
page Facebook !**

Lacoursière Éditions

Nos ouvrages sont disponibles en France comme à l'étranger. N'hésitez pas à en faire la demande à votre libraire pour les commander !

Nous expédions aussi nos livres en stock à prix abordables à travers le monde : **www.lacoursiereeditions.com**

Vous pouvez nous contacter pour toute question, pour correspondre avec nos auteurs ou pour tout commentaire à **lacoursiereeditions@hotmail.com** : il nous sera très plaisant de vous répondre au plus tôt.

Céline Dominik-Wicker est professeure d'anglais.
Maman de deux enfants autistes, elle milite pour
une société inclusive et cherche à sensibiliser au
handicap, aux neuroatypies. Amoureuse des
contes, elle aime transporter ses lecteurs dans des
univers insolites tout en abordant des sujets
d'actualité. *Réveille-toi, ma belle Ondine !*
publié chez Lacoursière Éditions, est son
quatrième livre après *Deux sœurs : Persévérance
et trahisons*, *Aux frontières de la norme* et *Les
trois sorcières*. Elle vit en France, en Haute -
Savoie, avec ses enfants et son époux. Une auteure
à suivre !

Imprimatur

Gencod du distributeur
(Hachette-Livre) : **3010955600100**
Dépôt légal : troisième trimestre 2021
ISBN US-UK : 978-2-925098-39-3